遊戲代號：「蟲王」夜鷹
年齡：26
世界毀滅後被HUC救回去，加入HUC成為軍人，曾被判處死刑，又因為受到報復，在受傷時被扔出到野外，遭到怪物攻擊。因為超乎常人的身體能力，被改造為能統領怪物的蟲王。
Brave new world Online

遊戲代號：吸血鬼王
年齡：16
名字為萬尼夏，是遊戲「美麗新世界online」裡的副本BOSS，也是旺柴潛意識的反射。
他讓旺柴從遊戲中覺醒，回到現實世界，但旺柴回來後，他似乎仍有某種力量，在控制著虛擬與現實雙重世界。
Brave new world Online

3
新任務・極光崛起
子陽
illust. 白夜BYA
Brave new world Online
我從遊戲中喚醒的魔王是廢柴

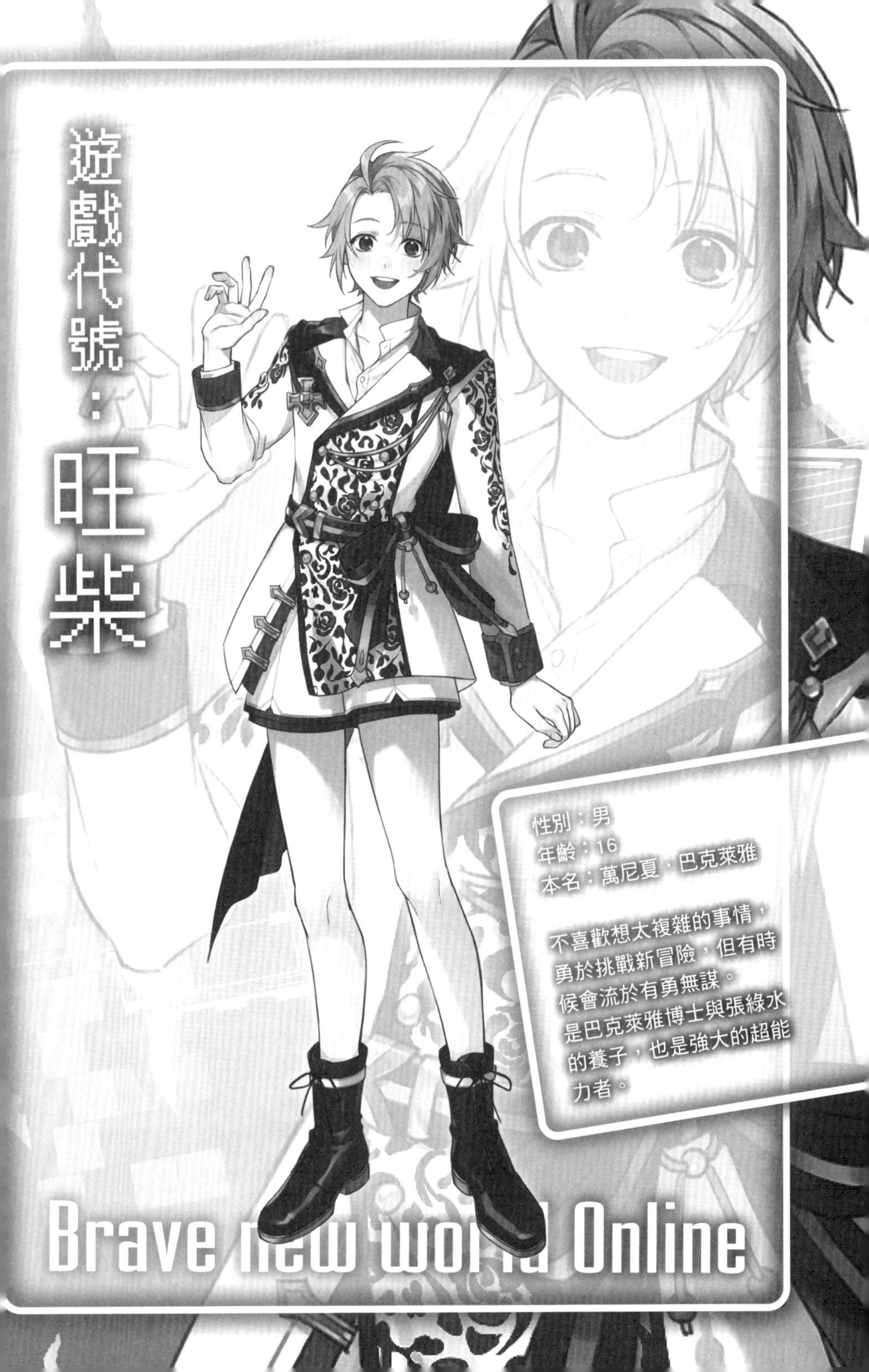
遊戲代號：旺柴
性別：男
年齡：16
本名：萬尼夏．巴克萊雅
不喜歡想太複雜的事情，勇於挑戰新冒險，但有時候會流於有勇無謀。是巴克萊雅博士與張綠水的養子，也是強大的超能力者。
Brave new world Online

遊戲代號：綠水
年齡：？
性別：男
巴克萊雅博士製造的AI，沒有實際的身體，總是以影像的方式飄浮在旺柴身邊。很毒舌，總是喜歡吐槽旺柴。
Brave new world Online

遊戲代號：伊韓亞
年齡：22
性別：男
出生在一個貧窮的小村子，父母將他賣給吸血鬼王，長大後的他個性扭曲，並妄想成為吸血鬼。在吸血鬼王離開城堡後，伊韓亞坐上吸血鬼王的王位，成為名副其實的血腥伯爵，直到被旺柴與夜鷹以「解任務」之名瓦解惡行。

Contents

序章

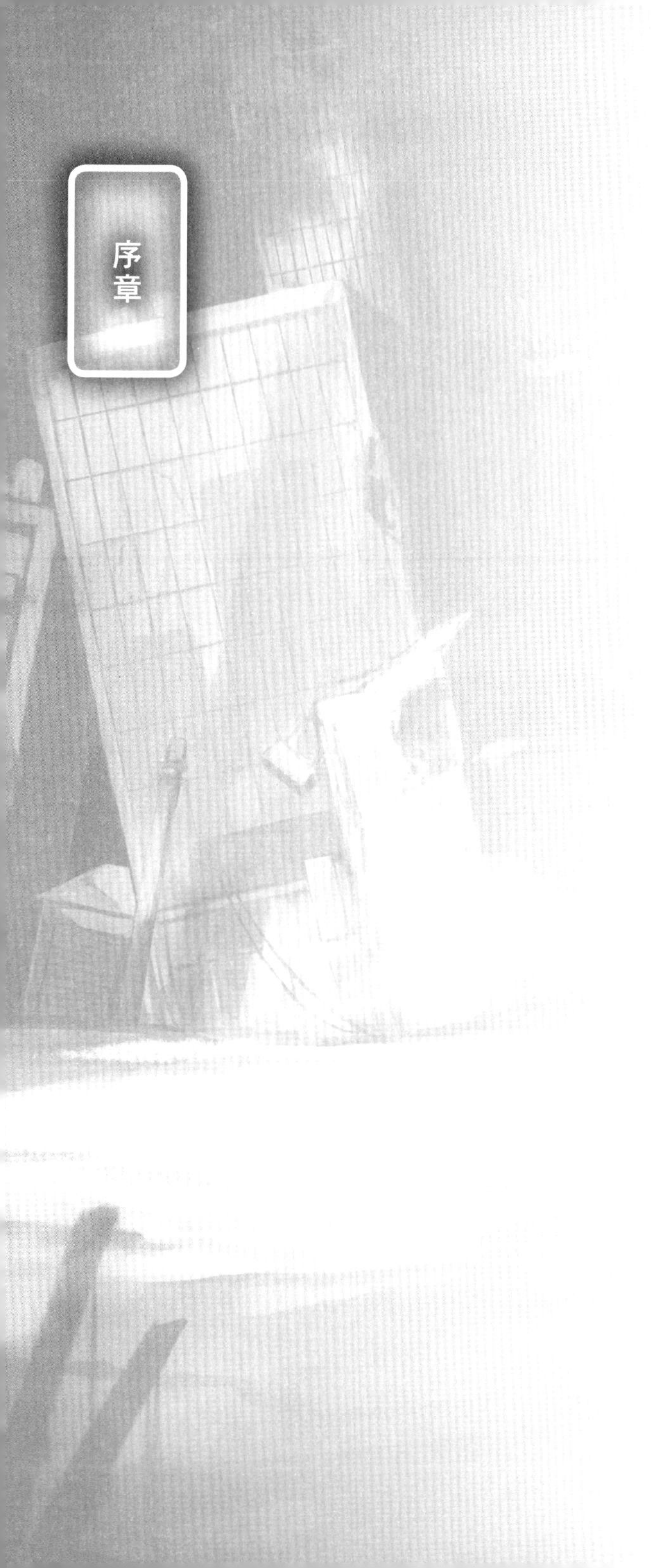

在一個月黑風高的夜晚，一輛車疾駛在蜿蜒的山路上。

車內有兩人，開車的是穿著實驗室白袍的男子，他專注地盯著前方。坐在副駕駛座上的是一位年輕男人，他有一頭蜂蜜色的柔軟髮絲、俊美的容貌，綠寶石般的眼珠此刻卻憂慮不堪，他看到遠方的天空出現藍綠色的極光，便知大事不妙。

「艾利，你不能快點嗎？」

他就是綠洲集團的第三代繼承人，張綠水。

「山路是有時速限制的，我不會拿你的生命安全開玩笑。」

開車的人是巴克萊雅博士，他不僅遵守時速限制，要轉彎的時候還慢條斯理地減速、打方向燈，即使周圍都沒車。

「艾利！」

張綠水有點生氣了，但博士沒有改變自己的行為，他本來就是一個不容易被改變的人。

極光逐漸改變顏色，在夜空綻放波瀾，最後卻像放過的煙火，消失得無影無蹤，車子也停在一所孤兒院外。

張綠水急忙下車，但就如他所預料的，兩人已經晚了一步。

孤兒院古老的紅磚牆全部像積木一樣倒塌，房舍已經被夷為平地，宛如世界末日的廢墟。

但在廢墟中，有一位小男孩。他的黑髮微微飄起，執拗的紫色眼眸彷彿閃爍著電花，他的小手緊緊握拳、小嘴緊緊咬著，瞪著突然其來的陌生人。

男孩身上穿著一件破破爛爛的灰色長袍，沒有穿鞋，長袍的袖子已經破掉了，露出他滿是傷痕的小手臂。張綠水敏銳地注意到那手臂上新傷舊傷夾雜，甚至有一些是針孔造成的瘀青。

「萬尼夏……」張綠水想走上前，但博士拉住了他的手臂。

張綠水看了博士一眼，博士面無表情，好像眼前發生的這一切都與他無關。

這確實與他無關，這一切又不是他造成的，而且一個剛釋放過超能力的孩子仍有可能會放第二波，到時候離他越近的人將首當其衝，博士無論如何都不想讓張綠水受到傷害。

但張綠水沒有想太久，他推開博士的手，走過滿地的瓦礫，來到男孩身邊。

「萬尼夏，我的名字叫張綠水，我是來接你回家的。」張綠水脫下自己的斗篷大衣，披到男孩身上，「你願意跟我回家嗎？」

斗篷大衣隔絕了寒意，布料上還有張綠水殘留的體香。男孩露出驚訝的表情，他飄浮的髮絲降下來，環繞周身的微量電流也消失了，他困惑地看著張綠水。

「萬尼夏，我希望可以領養你，過幾天我就要提出正式的書面申請了，對不起我來晚了。」張綠水蹲在男孩面前，雙手握起男孩的小手，「你願意跟我回家嗎？我已經把你的房間布置好了喔。」

——自己的、房間？

男孩的小手冰涼，張綠水的手卻是溫熱的，但那股暖意沒有進到男孩的心裡。他抽回自己的小手，往後退了好幾步，斗蓬大衣滑落下來，男孩也踩到一個人的手。

那是一個被壓在磚瓦下的人，想必已經變成了屍體，男孩同樣困惑地看著那個人的手，似乎是想起了什麼，他的頭髮又微微飄起，周身出現藍紫色的電流。

「綠水！」

「別過來，艾利，我可以應付！」

張綠水不逃也不躲，對男孩張開雙手。他相信自己的誠懇可以感動男孩，但男孩仍把電流握在手中，一副要對張綠水發動攻擊的樣子。

不顧張綠水反對，博士毅然決然地上前。

博士認為自己不像張綠水，他沒有張綠水那麼感性，做事都是靠策略，就像現在，他從白袍口套裡掏出了小孩子的致命武器——

「要吃嗎？」

巧克力棒！

而且出自知名甜品工廠，最近剛好有促銷活動，裡面的包裝紙印有「銘謝惠顧」或「再來一條」。

「你不要的話，我只能自己吃了。」博士撕開包裝，咬了一口。那甜度讓他生厭，甜到他牙根都要發疼了，但他還是裝出很美味的表情，「嗯……我從來沒吃過這麼好吃的東西……」男孩的表情變了、身上的電流消失了。他起先有點疑惑，但或許是禁不起誘惑，在博士把巧克力棒伸向他的時候，他立刻搶走，背對著兩個大人猛吃。

張綠水瞥了博士一眼，挑眉。博士卻一副事不關己的樣子，好像他剛剛什麼事都沒做。

軍用悍馬車趕到，一群特工下來，迅速包圍了孤兒院。

一位三十多歲的女人走過來，她便是遠山空軍基地戰略情報部的部長，車慶媛。

車慶媛向張綠水和博士點頭致意，領著特工們開始工作。

「我過去看看。」博士摸了一下張綠水的肩膀，便走向車慶媛。

兩人低聲交談，張綠水聽不清楚那兩人在講什麼，但是他與博士就是懷疑孤兒院以收留之名，行虐待之實才連夜趕過來的。

看來，他們的懷疑是對的。特工在廢墟裡找到實驗器材，並挖出一具具穿著白袍的屍體，張綠水連忙將斗篷大衣披回男孩身上，並摟著男孩，不讓男孩看到屍體被搬出來的畫面。

博士正在分析從廢墟裡找到的資料，張綠水看到特工挖出了小孩子的屍體，他們都與男孩一樣穿著灰色長袍，戴著電子手銬、腳鐐。

張綠水這才注意到男孩腳上也有電子腳鐐，但男孩手上的電子手銬不見了，取而代之的是一圈燙傷的紅痕。

「你自己拿掉的嗎？」張綠水心疼地問。

男孩嘴唇上都是巧克力醬，他點點頭。

「會痛嗎？」

男孩又點頭，然後搖頭。

「為什麼不痛？你的手都紅了，你可以跟我說實話，你可以哭，你可以……」

張綠水突然說不下去了，因為看到男孩困惑的表情，他恍然大悟。

如果說出口的話一直沒有獲得回應，那說還有用嗎？

這麼小的孩子遭遇到這種事，那些想要研究他、利用他的大人也不會理會他的聲音，那麼，他的求救與他的心情統統都會在得不到回應的過程中放棄。所以，這樣的孩子是不會哭鬧的，他們早已緊閉了心扉。

「萬尼夏，對不起，我不知道你發生了什麼事，但是以後，希望你有話就跟我說，好嗎？」

張綠水望著男孩，男孩也眨著圓圓的大眼睛，望著他，「我願意跟你分享生活中的大小事，講故事給你聽。」

「……」男孩垂下眼眸，左手握著右手的手腕。

就在張綠水疑惑男孩要做什麼的時候，男孩的手掌發出電流，一瞬間光芒四射。

「綠水！」博士衝回張綠水身邊，把張綠水從男孩面前拉走，受車慶媛指揮的特工們也持槍對著小男孩，但沒有開槍。

「你沒事吧？他對你做了什麼？」

博士急著確認張綠水全身上下有沒有受傷，但張綠水搖了搖頭，又回到男孩面前。

張綠水跪在男孩面前，小心翼翼地把男孩的手從他自己的手腕上移開。

他看到一圈焦黑的皮膚。

男孩沒有治癒自己，他只是想辦法讓自己感受不到疼痛。

張綠水抱住了小男孩，讓男孩感受到他的體溫、呼吸與心跳，就像把一個嬰兒抱在懷中似的，車慶媛也讓特工把槍放下。

經過一番搜索，博士和車慶媛拼湊出事件全貌。他們看著平板電腦裡的資料，螢幕裡一張張都是小孩子的照片。

「他們都是超能力者。」博士直接講結論。

「沒錯，」車慶媛點頭，「平均年齡落在一到五歲，他們被恐怖組織集中到這裡，恰好都是孤兒。」

「他們在研究超能力者？我看這報告寫得挺詳細的，比我手下的研究生都還要優秀。」

博士翻看著關於超能力者「發作」的紀錄，有些是自然使出超能力，有些是透過人為誘導，但無論如何，他對紀錄者的手筆倒是挺欣賞的。

都已經看到了現場和記錄中的慘狀，博士還能說風涼話，車慶媛不禁搖頭，「就憑你給人家的那一點錢，還希望報告寫得有多好？」

「部長，妳太冤枉我了，我哪有壓榨研究生。是他們本來就被學院大量輸出，不拿來利用，他們出去還找不到工作。」

車慶媛懶得跟博士廢話，「我們至今為止發現的超能力者沒有一個是大人，都是小孩子，非常好控制。我們懷疑恐怖組織的目的就是要把超能力者打造成武器，如果他們的研究繼續下去，等這些超能力者長大後，後果將不堪設想。」

「教育就是一種洗腦。」

博士從不怕別人知道他的想法，即便是偏激的言論。

「你之前不是在大學任教嗎？」車慶媛倒有些好奇了，「你也在洗腦你的學生？」

「我會留在大學，是因為校方會給我研究經費。」博士把看完的平板還給車慶媛。

「如今，你加入遠山空軍基地了。」

「因為軍方給我的錢更多。」

「艾利！」一張綠水站在車子旁邊，揮著手。

「基地的預算有一部分是來自民間贊助，你不會不知道吧？」

車慶媛沒有明說那就是綠洲集團，但綠洲集團旗下有軍火公司，該公司長年擔任遠山空軍基地的承包商，張綠水也是軍方必須以禮相待的對象。

「那不是我的錢。」博士向車慶媛點頭致意，便走向張綠水。

「艾利，萬尼夏要睡了，我們回去吧？」

張綠水用眼神一指。車門敞開著，男孩已經躺在後座上，身上蓋著張綠水的斗篷大衣。

「是啊，你們先回去吧，小孩子不要晚睡，對發育不好。」車慶媛也走了過來。

「妳好像很懂？」

博士原本是想回敬車慶媛先前的提問，沒想到車慶媛卻不否認。

「我有一個兒子，今年五歲。」

「我都不知道妳結婚了……」博士很意外。

「那是我的私事，不影響工作。」車慶媛不會就這種小事跟博士計較，但看到博士踢到鐵板的表情滿有趣的，「我老公會照顧好孩子。」她補充道，「你們快回去吧，這裡我會處理，不會留下痕跡的。」

「嗯，就交給妳了。」

博士已經跟車慶媛講好了，車慶媛不會把萬尼夏的來歷報告上去，世人將來只會知道他和張綠水領養了一個孩子，名叫萬尼夏，萬尼夏是超能力者的身分也僅會在基地裡流傳，一般人不會知道。

「我記得綠洲集團旗下有醫療體系，你們明天帶孩子去做一趟身體檢查，他的身分我會幫忙掩護。」車慶媛道。

「我正有打算。」張綠水望向躺在車後座的男孩。

男孩的電子腳鐐已經由特工幫忙剪開了，但是身上的傷暫時還無法處理，因為現場沒有醫療兵。

兩人向車慶媛告別後坐上車，由博士開車離去。

幾週後，男孩身上的傷痊癒了。他的頭髮和指甲都經過修剪，並穿上名牌童裝，由張綠水牽著亮相，看起來就像個就讀名校幼稚園的富家子弟。

男孩漸漸會在張綠水面前露出笑容，在博士面前則板起小小的臉蛋，非常有自我的矜持。

「我有對他做什麼嗎？抽不到『再來一條』是我害的嗎？」博士經常在張綠水面前抱怨。

「好了啦……」張綠水看著廚房垃圾桶裡的巧克力包裝，只能苦笑。

在一個風和日麗的下午，張綠水牽著男孩來到戶外的月季花牆下，他蹲在男孩身邊，男孩看到博士後，起初還板著臉。

「看那裡，萬尼夏，笑一個。」

張綠水指向拿手機替他們拍照的博士，但男孩一直不聽話，靠在張綠水懷裡扭來扭去，就是不願好好站著。

「你們兩個能不能快一點……」

「艾利！」

「……」博士翻了個白眼，他的耐心快耗盡了。

「萬尼夏，你可以為我笑一個嗎？我想要看到你的笑容，因為你好可愛喔！」張綠水抱著小男孩，親親他的額頭、臉頰，「我愛你，萬尼夏，我會永遠愛你。」

兩人一起看向鏡頭，男孩終於露出燦爛笑容。

喀嚓——

「好了，我們去吃下午茶！」拍完照，張綠水要牽著男孩回屋，卻看到博士還站在原地，

「艾利，你在幹嘛？剛剛拍得不好嗎？」

「喔，我在調光，我覺得這顏色好像……沒事。」

噗哧一聲，張綠水笑了，他走過去看博士手機裡的照片，明明就拍得很好。

光線好、背景好、人也好，唯一不好的大概就是博士追求完美的心，而這男人只會對他在意的人事物這麼做，張綠水清楚得很。

「我餓了。你餓了嗎，萬尼夏？」

張綠水轉頭問男孩，男孩點點頭，他對男孩伸出手，男孩便跑過來拉住他的手臂。

「快點過來，『爸爸』，不然餅乾要被我們吃光嘍！」張綠水故意大喊。

「吃光！吃光！啊哈哈哈！」男孩也大聲笑了起來。

張綠水牽著男孩跑回屋子裡，留下博士搖頭嘆氣，隨即跟上。

照片後來被印了很多張，放在家裡的書房、地下的實驗室，也被擺在遠山空軍基地和極樂世界公司的辦公桌上。

這時候還沒有人知道，這一刻的美好，未來只能從照片裡回憶了。

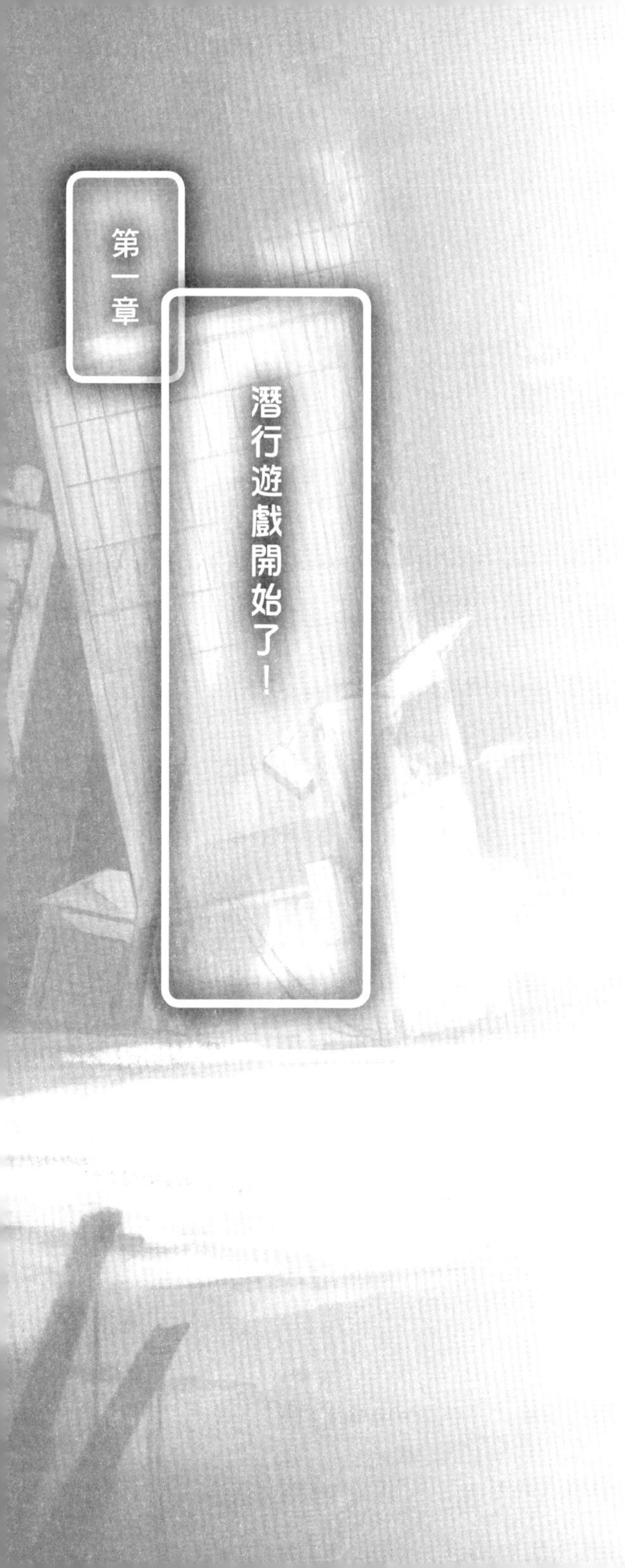

第一章 潛行遊戲開始了！

『你看，大人的世界就是這樣，他們不問理由，只憑行為就對一個人貼上標籤。』

水聲滴答、陰暗的地牢裡，旺柴發現自己光著腳站在冰冷的石頭地板上。

熟悉的聲音在耳邊迴響，他用力眨了眨眼才能看清楚眼前的人。

『舉例來說，你打破了一個碗，他們不會問你打破碗的理由，而是就你打破了這個碗、這是一個不對的行為來處罰你。』

那個人穿著灰色的皮草大衣，披散著一頭烏黑秀髮。皮膚白皙如雪，嘴唇紅豔得像點了鮮血。旺柴覺得很奇怪，這個人是誰呢？為什麼這麼熟悉，又為什麼下意識地想要否認有這樣的人存在呢？

『你想從我口中聽到答案，你想要我給你一個解釋，為什麼這些人要傷害你，卻從不聽你求救的聲音？為什麼讓你獨自承受著冰冷，卻從沒有人願意給你一個擁抱？』

不是的，不是這樣的！

有人會好好地擁抱他，跟他說「我最愛你了，寶貝」、「我愛你，萬尼夏……」。

那個人會蹲下來牽著他的小手，給他像陽光一樣溫暖的擁抱，像青山綠水一樣的堅定與溫柔。

『所以你才創造了我……』

少年的聲音將旺柴的思緒拉回地牢。

旺柴看到牢裡關著很多小孩子，一陣警報響起，孩子們穿上制式的灰色長袍、戴著電子手銬魚貫走出。走道上還有一些穿著實驗室白袍的研究員，他們像揮舞鞭子的奴隸主人，叫這些孩子們快點走。

孩子們中，偏偏有一個人停下了腳步。

那孩子轉過頭來，旺柴看到那孩子有一張圓圓的臉蛋、大大的紫色眼眸，黑髮貼著額頭。

旺柴對這孩子有一種熟悉的感覺……好像……在哪裡看過？

『萬尼夏。』男孩朝少年看過去，用這個名字呼喚他。

對，他就是叫這個名字！旺柴終於想起來了，這個人就是吸血鬼王！

等等，吸血鬼王？叫做……萬尼夏？

『你創造了我，但我發現我跟你不一樣，我不完全屬於你，因為我比你……』

眼看吸血鬼王朝自己走過來，旺柴的雙腳卻不能動彈，彷彿黏在地板上，濕濕涼涼的，很不舒服。

『我是比你更高一等的存在，我的孩子們也是。』

吸血鬼王如鬼魅一般，飄忽著來到旺柴身邊。旺柴戰戰兢兢地轉過頭，看到吸血鬼王勾起的嘴角，心裡下意識地感到莫名的厭惡。他覺得這個人跟自己一點都不像！吸血鬼王的眼角太媚，鼻子太高，粉太厚，眼影太深！

不，他不是真的想貶低吸血鬼王的外貌，只是害怕吸血鬼王拆穿他的真面目，因為他們太過相似，同類相斥。

說到相似，他想起了一個人。

「伊韓亞……」

那個名字，才真的讓旺柴不想面對。

「伊韓亞是你其中一個孩子，你說的『比我更高一等的存在』，指的是比人類更高一等嗎？因為他是ＡＩ？但他是我，你也是我……？」

『對啊，你不覺得很有趣嗎？「美麗新世界」裡從頭到尾就只有你一人，我們都是你，也不是你。我們就像薛丁格的角色，不到最後結局，你不會知道誰是站在哪一邊的。』

吸血鬼王抿起紅唇，旺柴注意到他腳上穿著黑色短靴，完全不受地板潮濕的影響。

『為什麼停下來了？走啊！快走！』研究人員在催促。

『我該怎麼做？』男孩用稚嫩的聲音問吸血鬼王，『萬尼夏，我該怎麼做才能逃出這裡？』

吸血鬼王緩緩走向男孩，他無視研究員，研究員也像看不見他，仍對孩子們叫囂著。

『你創造了我，你用你的名字來呼喚我，而我也如約喚醒了你。』

吸血鬼王蹲在男孩面前，在他耳邊低聲說話。

短短幾個字明明不是在自己耳邊說的，旺柴卻覺得自己聽過那句話，因此他能在腦袋裡跟著覆誦……

『讓他們見識你的力量，不要手下留情！』

頃刻間，男孩手中握著光，強大的能量從他雙手爆發出來，天空也冒出了極光。

他的能量炸開了地牢，連同地上的建築物一起炸毀。他的腳邊都是屍體，一名研究員被壓在石牆下，露出灰白色的手。

旺柴則感受到前所未有的愉悅……

愉悅？那就是掙脫束縛的感覺嗎？

旺柴發現自己跟男孩一樣，全身都是源源不絕的能量，但同時也感覺到一股憤怒與悲傷。

他看到張綠水出現在他面前，脖子上都是血……張綠水摸了摸自己的脖子，因此手指也沾上了血，他的眼神望過來，彷彿在問：你為什麼要這樣對我？

「旺柴……」

「旺柴……」

「旺柴！」

旺柴猛然驚醒，這才發現自己躺在睡袋裡，其他人都收拾好了，就他一個人還躺著。

「十分鐘後行動。」搖著旺柴肩膀，把旺柴叫醒的人是琥珀。

「唔……」旺柴迷迷糊糊的，搞不清楚狀況，「天都還沒亮……」

「預計二十分鐘後日出，我們就是要趁天亮前行動。」克雷西在檢查裝備。

「昨晚開戰前會議的時候不是都講好了嗎？你不會忘了吧？」

紅髮的阿梨揹著狙擊槍，走到旺柴身邊，遞給旺柴一包補充營養的果凍。

旺柴是收下了，但也打了個哈欠，「夜鷹都沒有這麼早叫我起床……」

「喂，你這傢伙！」雪豹揹著步槍，大步走到旺柴面前，「我們這一趟都是為了夜鷹，你不也很擔心他嗎？還不動作快點！」

「擔心是擔心……但就是想睡嘛……」旺柴小聲抱怨。

「夜鷹是一個很有效率的人，不要跟我說你都睡到自然醒，醒了之後就有夜鷹為你打點好一切。」

「沒錯，」綠水從旺柴背後飄出來，「我們家這位主人都是睡到中午的，在怪物環繞的末日他還能在野外睡到自然醒，也算是一種才能，請大家不要小看他。」

「綠水……」旺柴一邊吸著營養果凍，就看綠水能吐出什麼象牙。

「他醒來就吃夜鷹準備好的早餐，因為中午天氣比較熱，所以我們通常會休息一下、午睡，下午走一點點路，然後看附近有什麼獵物可以獵來吃，晚上就吃吃洗洗準備睡，然後又過一天了。」

「你們到底是在行軍，還是在旅遊？」離得比較遠的士傑聽了都無言。

「我們從遠山市到ＨＵＣ就花了比平常多兩倍的時間。」綠水繼續爆料。

琥珀一臉不可置信，「有夜鷹在還能這麼耗時……」

旺柴卻覺得這沒什麼，為什麼大家都大驚小怪？

「是夜鷹說要避開ＨＵＣ的巡邏士兵，我們才繞路的。」旺柴道。

「不，重點是夜鷹一個人要避開根本不是難事！」雪豹看旺柴的眼神，就像在看一個拖油瓶。

這兩天下來，旺柴已經習慣了，他甚至懷疑……雪豹跟夜鷹從以前就認識，但從雪豹的態度來看，這兩人是不是曾經有一段過去呢？

雪豹的年紀比夜鷹大一點，都是二十多歲，他有一頭經過風吹日曬而變淺的短髮，短得都露出耳朵和後頸了。他的身材跟夜鷹很像，都屬於修長而有肌肉的類型，雖然他總是一副跩跩的樣子，但他的長相其實很清秀。如果不是世界毀滅了，他很有可能成為演員、歌手，受到一堆迷妹追捧，在大螢幕上活躍。

旺柴不討厭雪豹，他認為雪豹其實也不討厭他，但雪豹跟夜鷹的羈絆可能比其他隊友都還要深，所以雪豹會希望趕快完成任務，回到ＨＵＣ。

兩天前，一行人從ＨＵＣ出發，乘裝甲車北上，一路上遇到怪物就靠旺柴的超能力轟炸，但如果是馬路或橋樑斷掉，他們就得繞路，因此還是花了一些時間，並在第二天傍晚抵達超能力者群聚的城市……外圍。

這已經比旺柴一個人步行快多了，況且，這些人除了遇到怪物就讓他放技能以外，平常生火煮飯什麼的都不會讓他動手，當然，守夜也不會有他的份。

一行人在入夜後休息並開了作戰會議，最後決定在翌日清晨執行潛入任務。

當時，琥珀拿出電子地圖，讓眾人看到城市的立體投影，旺柴最先注意到的是地圖中間有一座城堡。

「我們不知道城市現在變成了什麼樣子，但我們知道它在世界毀滅前的樣子。」琥珀向眾人匯報：「綠洲樂園——超能力者在北方占領的城市，就是由綠洲集團建造、營運的大型遊樂園，占地上百公頃，規模跟一座小型城市差不多。」

旺柴又一次聽到綠洲集團的名號，心情有點怪怪的，但他也說不上來。

「當年，綠洲集團為了營運這座大型遊樂園，除了供遊客參觀遊玩的面積，還必須有容納上萬名員工的生活機能，因此我們研判在世界毀滅後，如果遊樂園沒有變成怪物的巢穴，就勢必會有人類衝著生活物資進駐。」

琥珀說的其實都是來自於ＨＵＣ軍方的分析，就結果而論，那邊被超能力者占據，也算是「有人進駐」。

「在座可能有人不知道，但綠洲集團的規模之龐大，他們囤積的物資要供應未來幾十年的人類生存應該是沒問題的。」

「妳講這些話的目的，是要我們順便去搶物資嗎？」

雪豹提問的口氣，在座的人，包括旺柴都聽得出有挑釁意味。

「不是的。」琥珀一本正經地回答，「我想表達的是，那裡是一座能自給自足的城市了，大家不可以還當它是當年的遊樂園，掉以輕心。」

「我記得綠洲樂園。」士傑語氣緩和，有試圖打圓場的意思，「以前是約會聖地，老少咸宜，一生一定要去一次。」

「現在我們都有機會了。」琥珀順著士傑的話道。

「綠洲樂園……唯一的缺點就是它是綠洲集團蓋的。」雪豹撇嘴。

「你好像對綠洲集團很有意見？」阿梨挑著眉問，似乎嗅到了八卦。

旺柴有一個爸爸是綠洲集團的繼承人、一個是綠洲集團的女婿，所以靜靜聽著。

「我對財閥沒有意見，反正財閥不就是那樣？我以前還拿過綠洲集團的獎學金，但在生化人的議題上，恕我不能苟同。」

「獎學金？你？」阿梨瞪大眼睛，都不知道該笑還是該訝異了。

阿梨有一頭火紅的髮色，性格也十分熱情、直率。夜鷹不在的當下，她就是隊伍裡的狙擊手，但她的身材嬌小，狙擊槍的型號和夜鷹慣用的不同，沒辦法做近戰攻擊。

「是啊，我拿過獎學金，很稀奇嗎？」雪豹反問。

「你看起來比較像會被留校察看的問題學生。」

「哈！哈！」雪豹笑得很刻意，「那妳應該看看我上台領獎的樣子，我還為此去訂做了一套西裝，現在想起來真浪費錢……因為不久之後，世界就毀滅了，我也沒機會穿了。」

雪豹說到世界毀滅，眾人都很有默契地沈默了一下，畢竟在八年前或在這八年裡，大家或多或少都失去了什麼。

「綠洲集團要推出生化人的時候，我有去抗議過。」雪豹繼續道：「當時除了唸人工生命工程的學生，在大學校園裡，綠洲集團幾乎是『吸血鬼』的代名詞。」

「吸血鬼？」旺柴忍不住出聲，瞬間獲得一群大人的關注，「呃……不是吸血鬼嗎？你自己說的啊……」

「不是那種會在城堡吸食少女鮮血的吸血鬼，我那是比喻。」

雪豹指的是經濟吸血鬼，解釋起來很複雜，但他想起旺柴的身分，再看旺柴一臉萌萌蠢蠢的樣子……還是不要浪費口舌吧。

「總之，綠洲集團有很多爭議，但現在都過去了，也沒人在意了。」

「我以前有在司法機關工作的朋友，聽他們聊過。」克雷西突然想起，「綠洲集團成立了一間子公司，負責研發製造生化人，說要取代人類的勞動力，讓人類的生活過得更好。」

「對，就是那個！」

雪豹本來不想多說的，但有人提起，他只好奉陪。

「能讓人類過得很好嗎？我才不相信！如果生化人能取代人類，那不就會造成一大堆人失業？綠洲集團旗下有那麼多員工，他們要裁員的時候有想到這點嗎？」

「機器就是機器。」克雷西的看法顯然與雪豹不同，「就我所知，綠洲樂園裡面就用了很多高科技，極樂世界公司的生化人很有可能也是遊樂設施之一。」

旺柴和綠水對看一眼，一人一ＡＩ都有默契……不知道該不該說。

「八年前我還是高中生，不知道大人的世界在吵什麼，但如果生化人是像電腦、手機那類的，不是很方便嗎？」阿梨笑著說，口氣倒有些自嘲，「辛苦忙碌一天，回到家有個帥哥生化人說『歡迎回來』，我覺得很可以啊！」

「這個帥哥會進化、有思想，他會發現妳不是他夢想中的主人，會覺得妳很煩，不想服侍妳又沒辦法擺脫妳，於是決定趁妳睡覺時殺了妳……妳要怎麼辦？」雪豹提出的是當年許多人的疑慮。

阿梨笑了一聲，拍拍腰間的軍刀，「那我就反殺回去嘍！」

「反正世界已經毀滅，現在也沒有人能製造生化人了。」琥珀為這話題作了個總結，要大家把注意力放回任務上，「無人機被打下來的區域在這一帶。」

琥珀比著地圖的東邊和南邊，「我們懷疑這裡有偵測防禦的系統，但不知道攻擊的範圍和規模有多大。」

「那要繞路嗎？」阿梨問。

「不行，會來不及！」雪豹馬上反對，他看向旺柴及飄在旺柴身邊的綠水，「就用他，用超級ＡＩ駭進防禦系統的電腦，掩蓋我們的行蹤！」

旺柴和綠水又互相看了一眼。

他們都記得夜鷹的叮囑，那真正的敵人……

「旺柴？」琥珀叫了一聲，「你的想法呢？你的ＡＩ能做到嗎？」

「不行。」綠水飄到眾人面前，替旺柴回答。

「沒錯，他不行。」旺柴這才開口。

「要我駭進任何系統，都必須近距離操作，除非先把我帶進綠洲樂園，找到綠洲樂園的電腦主控室，我才有辦法駭進那邊的電腦。」

「如果我們都已經進到綠洲樂園了，那還要你做什麼？」

「這本來就是你們人類的事，請加油。」

「……」

這一局，雪豹敗。

「要避開無人機的偵測區域不是不行，我們要繞一點路，但還是有辦法潛入的。」士傑把地圖中的特定區域放大，「這一條是以前的送貨通道，可以直達城市內部，但前提是這條路沒有剛好、正好也被超能力者使用。」

「我們不能打著ＨＵＣ的名號。」琥珀環顧眾人，最後定睛在旺柴身上，「若是我們裝成尋求庇護的普通人，應該有辦法混進去。」

旺柴想起老大和瑪麗等人的顧慮，北方城市裡的人都是超能力者，但他們不一定會對非超能力者友善，「我覺得……還是不要被任何人發現會比較好。」

「那就只能靠夜色掩護了。」雪豹瞟了地圖一眼。

於是，一行人將行動訂在天亮前，也就是晨昏交替之際。

那是一個還屬於夜晚狀態，但守夜的人多半已經昏昏欲睡，交班的人又還沒過來的時間，也是人心最鬆散的一刻。

旺柴很快就準備好，跟著小隊一起行動。

因為要潛入，第八團的成員都把軍服換下，只穿著便於行動的黑色上衣和卡其色長褲，外面再罩著旅人披風，把槍彈等裝備都蓋住。

駕駛員和砲長在車上留守，裝甲車也停在了安全處，旺柴則與琥珀、士傑、克雷西、阿梨、雪豹等五人徒步潛入綠洲樂園。

潛入行動比想像中順利，這一路上幾乎沒有真人防守，但旺柴想起超能力者中有人能跟動物溝通，因此當看到遠處有小貓小狗聚集，一行人還是繞路。

靠著ＨＵＣ的裝備，小隊摸黑行動，旺柴被他們護在中間。雖然旺柴覺得這一點都不必要，但他不想辜負眾人的好意，便什麼都沒說。

第八團沒有開槍或打倒任何人，一路上都躲躲藏藏，過程很刺激，旺柴覺得像在玩潛行遊戲。

他很少玩這類型的遊戲，因為他自認不是一個有耐心的人。和綠水一起解謎可以，但綠水都可以飛上天把地圖描繪出來了，他們不直接衝到終點，還對得起自己的超能力嗎？

對不起，他們不能打草驚蛇。

雖然沒有真人守衛或像ＨＵＣ一樣有士兵巡邏，但遊樂園內有監視器，而且就綠水的掃描，這些機器都是有在運作的，他們必須小心別被拍到。

「你可以計算監視器拍攝的角度嗎？」一行人躲在轉角的時候，琥珀問綠水，「將你的計算結果投影到我們的護目鏡上，那我們的行進速度會快一點。」

「我可以駭進你們的通話頻道，包括電子護目鏡，所以，當然可以。」

「那——」

「我為什麼要那麼做呢？」綠水雙手抱胸，雙腳翹得高高地飄在空中。

「呃……」琥珀不知道該怎麼跟ＡＩ對話，因為她沒遇過會拒絕人類命令的「機器」。

「想要我幫忙，可以，我要你們所有人都跪下來叫我老大。」

眾人無言。

「不然你們就慢慢躲吧，哼，只有我可以偵測出所有的監視器，我比你們任何一台掃描儀都厲害，我是超級ＡＩ，不是單純的機器。」

「他平常都是這樣的嗎？」琥珀忍不住問旺柴。

「呃……」旺柴也有點疑惑，因為自從行動開始後，綠水就變得更嗆了。

「你們應該見識一下我跟夜鷹的聯手攻擊，夜鷹讓我駭進他的遠程鏡，所以我只要跟他講方位、距離，他就能命中目標。不像你們，一群瞎子摸象，連個監視器都搞不定。」

「他想夜鷹了。」旺柴如此解讀。

在沒有人下跪的情況下，綠水還是把計算結果投影給大家，一行人要繞開監視器就更容易了。

在翻過圍牆和樹叢後，一行人進到遊樂園裡，剛好太陽升起，旺柴的視線也豁然開朗，不禁停下腳步，看著園區內的風景。

他想起老大說過，北方城市是已經修復完畢的城市，沒有傾圮的建築物和滿地垃圾，也沒有廢棄車輛和壓在廢墟裡的白骨，但這裡……

宛如童話般的歐洲風格建築讓他想起美麗新世界的星河市，那裡一天到晚在舉辦慶典，就連橫跨運河的橋和河旁邊的大鐘樓都那麼像。他還記得自己跟夜鷹坐在河邊的長椅上，就在那裡，夜鷹向他坦白了世界的真相。

整齊的行道樹和花圃，代表這是一座有人打理的城市，而這些大量的綠色植物正好都是HUC所缺乏的。HUC有室內栽種區，但那區域的目的是為了提供糧食，而非美觀，而遊樂園裡的隨便一棵都是不能吃的景觀植物，如此美景讓第八團的成員都看得目瞪口呆。

「一點都不像世界末日……」士傑喃喃地道。

「是啊……」琥珀附和。

旺柴卻感到不安，「綠水，為什麼這裡會……」

「像美麗新世界嗎？」綠水在旺柴背後飄著，小聲說出旺柴的疑慮。

「嗯。」旺柴表情凝重地點頭。

「我沒有相關記錄，因為我不被允許搜尋跟博士有關的記載，但我們既然知道博士是綠洲集團的女婿，他在打造美麗新世界的時候，會不會參考了現實世界呢？」

「你是說……先有綠洲樂園，他照著綠洲樂園裡的模樣做出美麗新世界裡的城市、街道、房子那些的……」旺柴皺起了眉，他多希望現在能跟他分析推理的人是夜鷹。

「你還記得，我在美麗新世界找到了夜鷹學生時代的照片嗎？」

「嗯……」

「博士都可以在本人不知道的情況下把學生的資料照搬過來了，他是綠洲集團的女婿，要搬集團內部的資料又會有什麼難的嗎？」

旺柴點點頭，同意綠水的說法，他相信夜鷹也會這樣推理的，但三人之間少了一個人，就像心裡少了一塊。

「旺柴！」琥珀對旺柴揮手，旺柴立刻跟上。

一行人的目標是城堡，在地圖上最出類拔萃的建築物。

琥珀打開隨身的小電腦，電子地圖跳出來，眾人都發現城堡的外觀與地圖上的版本明顯不同，幾乎是打掉重蓋。

地圖上的城堡比較有童話風，外牆是溫暖的磚紅色配上藍色屋頂，但聳立在眾人面前的實物，外牆卻是灰黑色的，建築結構也有改變。

最明顯的差異就是多了一座很高的塔，彷彿佇立在懸崖上，櫛比鱗次的柱子一根比一根還高，那拔地而起的氣勢缺少了童話的夢幻感，卻多了以高聳的角度塑造出的威嚴感。

「我們要怎麼進去？」克雷西問。

「如果地圖沒有用，我們就實地查找出入口。」琥珀道，「問題是，我們進去後，要怎麼找到目標人物？」

琥珀望向旺柴。旺柴認真思考著，想到頭腦都快冒煙了，卻還是沒頭緒，琥珀只好先放過旺柴，轉而對其他人下達指令：「雪豹、克雷西，你們去找到安全的出入口，阿梨去高處防守，士傑和我負責保護旺柴。」

「等一下！」

眾人都同意，除了雪豹。

「為什麼是妳發號施令？妳的軍階很高嗎？」

面對雪豹的質疑，琥珀的態度很冷靜，「任務是我發起的，我們都有共同的目標，才會一起行動。」

「車子是我弄來的，不然那麼大的一輛裝甲車從ＨＵＣ開出去，妳當守門的都瞎了嗎？」

「雪豹，你想幹嘛？」阿梨裝備好狙擊槍，克雷西也站到琥珀身旁。

旺柴看情況有點不對，這該不會是所謂的……內鬨？

但他們為什麼要內鬨？彼此共同的目標不都是為了夜鷹嗎？

「我想要當第一個發現目標人物的人。」雪豹大言不慚地道，「我想要以後能在夜鷹面前說你欠我一條命！」

「哈……」琥珀還以為是什麼嚴重的理由，不禁笑了一下，爽快退讓，「好啊，就讓你指揮本次行動。」

「那妳和克雷西去找出入口，阿梨去高處防守，我和士傑留在小鬼身邊。」

「ＯＫ。」

琥珀應允，和克雷西走了，阿梨也揹著狙擊槍爬上一旁的樓房。

雪豹正要回過頭來對旺柴說些什麼的時候，表情突然怔住。

「萬尼夏，你在這裡幹嘛？」

旺柴轉頭，一位牽著大型犬的少年不知何時出現在眾人身後。

少年把格子襯衫當外套穿，裡面是一件洗了很多次、領口都鬆垮垮的上衣，他牽著一隻杜賓犬，狗狗的坐姿端正威武，脖子上還繫了個領結。

旺柴突然靈光一現！

這些日子跟夜鷹相處以來，他覺得自己一定是獲得了夜鷹的真傳，因為只憑對方叫他名字——萬尼夏——這一點，他就可以在腦海中推理出非常多東西。

首先，對方會叫他萬尼夏，就代表綠洲樂園裡有一個萬尼夏，這乍看之下是廢話，但正符合老大的說法，老大就是收到萬尼夏的訊息才會對北方城市懷抱憧憬。

其二，「萬尼夏」跟他長得一模一樣。

老大不知道萬尼夏的長相，因為他們都是用電腦裡的文字訊息聯絡，老大沒有看過萬尼夏的照片或聽過萬尼夏的聲音，所以他才沒有認出自己——旺柴——就是萬尼夏。

但這位遛狗少年光看背影就叫他萬尼夏，難道他們很熟嗎？不，如果是很熟的話就不會只叫他萬尼夏，一定會再多一點詞彙。像綠水每天都用一副嫌棄的眼神問他「你今天也當舔狗了嗎」，夜鷹會對他微笑，問他要不要來吃東西或喝茶，外面又發現了什麼野生動物，今天真感謝你之類的……

總之，從遛狗少年的表情來分析，他跟萬尼夏一定是有點熟又不是很熟，俗稱點頭之交，兩人可以在路上打招呼說早安，但沒有熟到可以問候你家爸媽那種。

「萬尼夏，你換髮型了嗎？」

這有如神來之筆的一句，讓旺柴的小心肝怦怦亂跳。

「你的衣服也平常不一樣，造型很新鮮呢！」

「呃……」

完了，旺柴不知道該怎麼接話，因為他不知道這裡的萬尼夏平常穿怎樣！

「你這樣比較好看，比較有精神，但是你把頭髮剪掉不可惜嗎？都留那麼長了。」

「頭髮……」

完了，遛狗少年跟萬尼夏的熟悉度好像超乎他的想像，居然聊起了頭髮的問題！

不對啊，如果是綠水就算了，綠水是ＡＩ，想換造型彈個手指就好，但如果夜鷹今天換了髮型，他也會關心一下的……

旺柴越想越多，越搞不清楚這兩人是什麼關係了。

「萬尼夏，你的臉怎麼了，怎麼看起來像顏面神經失調……」

「才沒有！」他只是太震驚了，一時嘴巴合不起來，「我平常都穿什麼衣服？你……你知道我平常的造型嗎？」

「你之前不是留長頭髮嗎？」遛狗少年一臉疑惑，「穿著灰色皮草大衣，總是打扮得很貴氣，很多人都羨慕你，不知道你天生的氣質是從哪裡來的……」

遛狗少年邊說，表情十分靦腆，旺柴卻垮下了臉。

灰色的皮草大衣……世上有這麼巧的事嗎？跟他長得一模一樣的人，剛好就叫做萬尼夏？難道……吸血鬼王也來到現實世界了？跟伊韓亞一樣，變成生化人？

旺柴瞬間張大嘴巴，表情變得無比驚恐……

不對啊，吸血鬼王不是在美麗新世界裡被夜鷹殺了嗎？伊韓亞就是執著於吸血鬼王被殺，才會把他和夜鷹當成仇人的。

旺柴的腦細胞急速思考，和他一模一樣的臉、一模一樣的身材……還有什麼可能性？

突然，他想到了。

他想起夜鷹在病床上的囑託。

夜鷹說過，伊韓亞是ＡＩ，他既然能駭進極樂世界公司的電腦，為自己生產生化人的軀體，那他也可以生產出自己想要的外貌，也就是說，伊韓亞可以有很多具身體、很多張臉。那麼，伊韓亞要生產出「萬尼夏」的身體和臉，再穿上那具軀殼跑到北方城市興風作浪就完全不是難事。

如果以上推理都成立……旺柴打了個冷顫，因為那表示他們踏進大魔王的地盤了啊！

「萬尼夏，你的臉變得更扭曲了。」遛狗少年有點擔心。

「呃……」他知道自己很醜！

「對了，這時間你怎麼會在這裡？我從沒看過你早起。」遛狗少年往前走了一步，但旺柴下意識地退後，讓遛狗少年更不解了，「萬尼夏，你怎麼了？他們是誰？」

「……」旺柴倒抽一口氣，他差點忘了自己身後帶著ＨＵＣ的軍人！

軍人！

是超能力者最討厭的軍人！

雖然他們都沒穿軍服，而且將槍藏在旅人斗蓬下，但他們都是成年人，一看就不是超能力者。

大家都知道超能力者都是少年少女，雖然不知道為什麼有年齡限制，但雪豹和士傑一看就是有歷練、有肌肉的大男人，不可能偽裝成十六歲的少年啊！

旺柴瞪大眼睛，瞪大到眼珠都要凸出來了，但他突然靈機一動。

「哼哼，他們是我的俘虜。」他擠眉弄眼，壓低聲音。

「俘虜？」遛狗少年還是一臉疑惑。

「我剛好早起散步，遇到他們鬼鬼祟祟的，一定是ＨＵＣ派來的間諜，所以我就用超能力把他們抓住了，準備帶回城堡審問。」

旺柴說完這番話，可以瞄到雪豹在瞪他，但雪豹的眼神不久就屈服了。他們畢竟是成年人，懂得區分輕重緩急，因此雪豹和士傑都裝作被催眠的樣子，兩人的表情都在放空。

旺柴心裡有點怕怕的，因為就算他的推理是對的，伊韓亞真的在綠洲樂園裡，但也不代表伊韓亞就符合他所說的形象。

沒想到，遛狗少年一拍掌，對旺柴露出崇拜的表情。

「原來是這樣，不愧是萬尼夏！你果然厲害！」

「啊哈哈，沒有啦……」

「需要我幫忙嗎？」

「咦？」旺柴不知道對方有什麼超能力，但看少年解開杜賓犬的狗鍊，旺柴立刻聯想到Ｔ大宿舍裡的狼少年，「啊啊啊啊，不用了！」

旺柴伸出雙臂，擋在少年面前。

「不用……因為……我有很重要的事情要問他們，不准任何人插手！」

旺柴一邊說話一邊深呼吸，最後終於說出比較有威嚴的話。因為他想，雖然伊韓亞冒用他的身分了，但憑伊韓亞的個性，是絕對不可能像他這麼天真可愛的，一定還會保留伊韓亞本人的個性，那伊韓亞是什麼個性呢？

——女王！

旺柴想起伊韓亞坐在城堡王座上的樣子，那姿態就像一位女王！而且還是那種自己做錯事不認，覺得全天下人都辜負我的性格扭曲女王。

「我要回去了！」旺柴頭一甩，故意裝出很高傲的樣子，「沒有我的傳喚，不准來打擾。」

「好……不、是、我是說，是！是的！」遛狗少年語無倫次了，「您慢走……」

旺柴不知道對方是被自己嚇到，還是被「萬尼夏」……

但問題來了，走——要走去哪裡？

他不知道城堡要怎麼進去啊！

嗶一聲，一道小門開了，旺柴注意到門上有電子鎖，推測是綠水幫他解鎖的。

「我這就回去……不准跟過來！」

「是！」

「不准跟著我，也不准透露我的行蹤！」

「是！」

「對了，我剛剛在抓這兩個間諜的時候，手有點傷到，你知道會用治癒魔法的人在哪裡嗎？」旺柴趁機問。

「你是說玫婷嗎？」遛狗少年皺眉，「她不是都待在城堡裡嗎？你沒看到她？」

「原來她叫玫婷……」旺柴喃喃自語，馬上又換了一副表情，「我早上起來沒看到她才問的，我等一下看看，說不定她已經回來了。」

「喔喔……」

「絕對不能跟任何人說過你見過我！記得，絕對不能說！」

旺柴領著雪豹和士傑走進小門，並把門關上。

靠著門板，旺柴喘了一口大氣。

演別人好累，還是做自己比較好。

「我們進到城堡裡了，琥珀、克雷西，你們在哪裡？」雪豹用無線耳機跟隊友聯絡。

行動前，旺柴也分到了一個耳機，塞在耳朵裡，從外表看不出來。

『我們翻牆進來了，從一樓開始搜索中。』琥珀回報。

「收到，我帶小鬼往樓上搜索。」雪豹道，但同時也不忘碎念：「阿梨，下次看到有閒雜人等靠近要先說啊。」

『抱歉，我還沒就定位。』阿梨的聲音也從耳機裡傳來，『現在都沒有人靠近，如果有人進出我會報告的。』

「那我們也走吧。」雪豹對旺柴道。

旺柴叫出綠水的影像，讓綠水繪製室內地圖，新一輪的探索開始了。

第二章

對少女伸出的魔手……

城堡裡的某個房間，少女睡在豪華大床上，渾然不知魔手靠近。

「唔唔！」

少女一睜開眼睛，嘴巴就被男人的大手壓住。床邊有另一個男人，拿槍抵著她的太陽穴。

感受到金屬硬物貼在皮膚上的觸感，少女停止了掙扎；她驚恐地睜大雙眼，不知道他們是怎麼進來的、對自己又有什麼意圖，但她下意識抓緊了蓋在胸前的棉被。

旺柴覺得這畫面有點不對勁。

但少女的臉……她明明是……自己在美麗新世界裡看過的……

旺柴想起自己和夜鷹趕到晨光學園的頂樓，瑪摩塔飄在空中，像要擁抱似的伸出雙手，而一名少女站在女兒牆外，夜鷹沒有抓住少女，反而讓少女跳了下去。

少女墜樓，副本失敗，第二次他們重新闖關，夜鷹卻對少女扣下扳機……

當時的臉，旺柴仍記憶猶新，就是少女的這張臉！

「小姐，妳能不叫，我就鬆手。」雪豹壓低聲音，少女點點頭，但雪豹才剛鬆開摀著少女嘴巴的那隻手，一看到少女吸氣，好像要尖叫了，他又連忙摀了回去，「還是算了，我們直接綁。」

「等一下！」旺柴趕緊阻止那兩人，「她是夜鷹的妹妹！你們不能對人家這麼粗魯！」

「什麼？」雪豹把少女從床上拉起，士傑也收回槍口。

「她是夜鷹的妹妹，程玫婷！」

「夜鷹有妹妹？」

雪豹不解，士傑也疑惑地聳肩，旺柴看這兩人的態度，難不成夜鷹沒跟他們提過？

「夜鷹有一個妹妹，八年前就死了。」琥珀和克雷西趕到後，琥珀替旺柴回答了，但她沒有對少女降下槍口，「一個已經死掉的人卻出現在超能力者的城市，如果妳不是有死而復生的超能力，就是妳其實是別人，是一個跟夜鷹妹妹很像的人。」

「不會是伊韓亞吧？」旺柴小聲問飄在他背後的綠水，但綠水搖頭。

「她不是生化人，是真人。」綠水道。

琥珀撇了一下頭，示意士傑讓開。她把少女從雪豹手裡搶過來，克雷西也擋在雪豹面前，不讓雪豹輕舉妄動。

「很抱歉，嚇到妳了。」琥珀拿起椅子上的一條毯子，披在少女身上，「我們是ＨＵＣ的軍人，我們有一個伙伴受了重傷，需要妳療傷的超能力。」

「妳隨隨便便就跟人家說實話？」雪豹很不滿，但有克雷西攔著。

「總比你隨隨便便綁架人好。」琥珀難得嗆了回去，她搖搖頭，再次向少女道歉，「對不起，可以請妳跟我們走一趟嗎？我們之後會將妳送回來。」

「是誰受傷了？」少女抓著毯子，小聲地問。

「夜鷹——我們都叫他夜鷹——我不知道他的本名。」琥珀嘆了一口氣，「他被病毒感染，身上的發炎反應很嚴重，我們用了很多種藥都無效，妳是我們最後的希望。」

少女看向旺柴，「你說這個夜鷹，是我哥哥？」

「嗯。」旺柴點頭，同時他也覺得少女的反應很奇怪。

「妳不知道嗎？妳不知道自己有一個哥哥？」

「我失去記憶了。」少女說完，又補充：「這裡的人都知道。」

「可以走了嗎？」雪豹催促著，「我們還有好長一段路要趕。」

「請讓我換件衣服。」

少女走向旁邊的更衣間，在屏風的遮掩下……

門外突然傳來一陣騷動，砰地一聲，一群大型犬闖進來，個個都對旺柴等人呲牙裂嘴，在狗叫聲之後是槍聲。琥珀拉著旺柴躲開，士傑、雪豹和克雷西都各自找掩護，躲在沙發或床後面。

開槍的都是十六、十七歲的少年少女，子彈伴隨著電流火花，旺柴等人只有先躲避的份。

一陣攻擊過後，槍聲戛然而止。

有個人走了出來。他穿著灰色的皮草大衣，烏黑長髮挽起，頭上配戴著金色的髮飾，髮飾的形狀像樹枝，垂下一串如血珠般的紅珊瑚。

旺柴不顧琥珀勸阻，硬是站了起來，從沙發後面走出去，與這個人面對面。兩個人，有一樣的身高、一樣的臉。

琥珀等人都看傻了……

「萬尼夏！」程玫婷從屏風後衝出來，撲到穿著皮草大衣的少年胸前。

少年趁勢摟住程玫婷的腰，那手擺得如此自然，讓旺柴一時怔住。

「旺柴，我掃描到生化人的身體，」綠水飄在旺柴身後，「他一定是伊韓亞！」

就如同旺柴所推理的，伊韓亞穿上了吸血鬼王的軀殼，在綠洲樂園裡被叫做「萬尼夏」。

「你真以為我不知道你溜進來了？」伊韓亞悠悠開口，他環顧房內，每一個躲在掩蔽物後面的軍人都已經被他掃描定位，「聽說，夜鷹受傷了？」

「不就是你打傷的嗎？」旺柴握著拳頭，他有預感，戰鬥隨時會爆發。

「我離開的時候，他還好好的。」伊韓亞放開摟著程玫婷的手，「但是，他居然淪落到沒有治癒魔法就活不下去的地步……」

只見伊韓亞嘴角一勾，一個轉身，程玫婷瞪大眼睛。

伊韓亞將一把小刀插進了程玫婷的腹部。

鮮血以小刀為圓心擴散，染紅了粉色的絲綢睡衣。不只旺柴傻眼，超能力者們也都怔住了，琥珀等人更是不知道要不要開槍，因為在這一刻，彷彿敵友的界線都變得模糊，就像那紅暈不斷在少女身上擴散。

「為……為什麼……」少女雙唇顫抖，面無血色。

「如果全世界只剩下妳能治癒夜鷹，那我就不能讓妳活著了。」

「萬尼夏……」她癱軟昏厥過去。

就在程玫婷倒下去的那一刻，雪豹開了第一槍。

雪豹是對伊韓亞開槍的，雖然這時候他還不知道對方叫做伊韓亞，但看到「萬尼夏」跟旺柴對峙的場景，他很快就把「萬尼夏」判斷為敵人。萬尼夏和旺柴有一模一樣的臉，可是他們的髮型和穿著都不一樣，很好辨認，雪豹不會打錯人。

雪豹確實瞄準了伊韓亞，但伊韓亞早就用AI的運送能力，計算出子彈的軌跡。只見伊韓亞一個後仰、下腰，完美地躲過子彈，卻讓子彈射進遛狗少年體內。

遛狗少年的身體受到衝擊，痛得倒地，就在他倒地的同時，屋內的大型犬都失控了，牠們大聲狂吠，流著口水朝雪豹等人撲過來，眾人不得不開槍防守。

和遛狗少年一夥的超能力者們看了，也加入戰局，為可愛的狗狗復仇！

有人讓房間裡的擺飾、鬧鐘、燭台統統飄起來，伴隨著冰球、火球、橄欖球，房間被砸得亂七八糟，旺柴抱頭鼠竄，但他看到在混戰中，雪豹爬到程玫婷身邊，試圖把她拖到一張翻倒的桌子後面。

旺柴立刻想起了此行的目的……

伊韓亞也注意到了，他一邊躲子彈，一邊躲過飛來的橄欖球，順便抄起一隻黃金狗狗的擺飾，朝擋路的人丟過去。他在戰場上穿梭自如，而且跟殺進ＨＵＣ時一樣，眼裡沒有隊友，擋他路者——只有死。

旺柴心想，現在只有自己能阻止伊韓亞了。

伊韓亞站在房間中央，無視兩邊打得如火如荼。他察覺到有人死盯著他的視線，一轉頭，就看到旺柴氣勢如虹地站了起來。

旺柴雙手匯聚能量，伊韓亞也握緊雙拳，此時的兩人都知道對方的身分。

旺柴不會把這個與自己有相同臉孔的少年當成吸血鬼王，伊韓亞也不認為自己就是萬尼夏，他露出了屬於伊韓亞的表情，那一如既往的憤怒。

旺柴抓住手上的那股能量，把能量全部凝聚到掌心，想像自己戴著拳擊手套。

伊韓亞看到了旺柴要朝自己攻擊，但他仍不把旺柴放在眼裡。他踢開一條杜賓犬，把離他比較近的克雷西摔出去，並躲過琥珀的子彈，掀翻了雪豹和程玫婷躲著的桌子。

雪豹挺身朝伊韓亞開槍，但子彈對生化人根本無效，伊韓亞即使全身被打出了洞也不怕。

他抓住雪豹的槍，連人帶槍往旁邊甩，雪豹落地的時候折傷了手臂，不禁慘叫。

琥珀跑到雪豹身邊，士傑開槍替她掩護。

眼看伊韓亞要朝程玟婷補刀，超能力者也全部朝伊韓亞攻擊，但程玟婷就躺在伊韓亞的腳邊，旺柴怕她被打到，就用那股能量在超能力者和伊韓亞中間變出了半透明的屏障。

屏障隔開了伊韓亞和眾人，也替伊韓亞擋下火球、冰球、各種球。

「哈哈哈哈！」伊韓亞得意地笑了，笑得露出一口白牙。

敵我翻轉的這一刻，伊韓亞完全占了上風。

旺柴的心裡難過極了……為什麼遊戲規則不能簡單一點，告訴他誰是敵人、誰是朋友？為什麼他不能直接放技能把敵人幹掉？

尤其在他看到伊韓亞的表情，那微微勾起的嘴角；伊韓亞用「萬尼夏」的身分取得人們信任，但他心裡並沒有把這些人當伙伴，每個人都是他可以輕易捨棄的棋子時。

旺柴竟在無意間保護了這樣的人，讓他有說不出的憤慨。

「在這之後，我會告訴所有人這間房間裡的超能力者，都是HUC的軍人殺的。」

伊韓亞此話一出，超能力者們都詫異地看著他。

「超能力者和HUC的衝突，只會越演越烈。」

「那對你有什麼好處？」琥珀躲在柱子後面，大聲質問。

「我說過，要毀了你的世界。」伊韓亞瞪著旺柴，「我要讓你感受到我的憤怒與孤獨，是你——毀了我的世界，你奪走我的一切！」

琥珀、士傑等人都看向旺柴。

他們不知道旺柴跟這個人有什麼過節，但對方眼裡對旺柴的執著是假不了的。

「還有就是，我能『這麼做』，為什麼不做呢？」伊韓亞冰冷的口氣令人不寒而慄，他的氣勢碾壓全場，以致於超能力者都不敢朝他攻擊。

「人類很好操弄，只要讓他們相信可以成為自己想像中的樣子……為了成為『那個樣子』，人類願意為此付出極大的代價，那種爆發力和進化能力讓我刮目相看。」

「說得好像你不是人類一樣！」雪豹嗆聲。

「呵呵……」伊韓亞笑了，但他的不否認讓雪豹感受到哪裡不對勁。

「你到底是誰？」

「我嗎？你也想呼喚我的名字嗎？」

雪豹只感到莫名其妙，除了將槍口對準這個人，他對他沒有其他意圖！

魔法屏障消失了，因為旺柴的情緒受到了影響。他想起自己對伊韓亞的無力感，就連夜鷹都打不過伊韓亞……但他也想起了夜鷹還在等他，自己絕對不可以在這時候放棄！

屏障消失沒關係，正好給眾人重新洗牌攻擊的機會。

一名少年朝伊韓亞丟火球，但伊韓亞一個轉身躲過，還抄起一根鐵棍把火球打向琥珀。琥珀躲過變成烤肉的下場，但沒有躲過衝擊波，她整個人摔到更衣室前的屏風上，撞碎了鏡子。

旺柴的手裡重新匯聚能量，他手無寸鐵，因為他相信自己就是最強的武器。他朝伊韓亞衝過去，伊韓亞也不管程玫婷和其他人了，氣沖沖地迎戰旺柴。

兩人都衝向對方，宛如衝向好久不見的戀人。

兩張一模一樣的臉，一模一樣的少年，宛如朝鏡子裡的自己出拳。

拳頭與拳頭碰在一起，旺柴就在這一刻，近距離看到伊韓亞的表情……

伊韓亞瞪著一雙紫色眸子，黑色的髮絲散亂，瀏海蓋住了一邊的臉頰。

伊韓亞憤怒的模樣，就跟鏡子中的自己，如出一轍。

旺柴怔住了。

他以為自己很強，但在這麼近的距離與伊韓亞面對面的時候，他瞬間了解到伊韓亞才是那個最強的人，因為伊韓亞已經沒有牽掛了。

伊韓亞失去了一切，他被困在一具人造的軀體裡，雖然他嘴上有各種埋怨，但他可以透過科技的手段讓自己的身體變強，而且只要他的軀體損壞了，隨時都可以換下一個，他有很多備用的軀殼、很多張面孔，那意味著無論怎樣他都可以重生。

旺柴卻沒辦法，旺柴的身體是血肉之軀，他沒有治癒自己的能力。

但他不能死在這裡，因為他還有想見的人、有想完成的任務。

他還要回去見夜鷹！

於是頃刻間，旺柴的能量減弱了，超能力沒有全部爆發出來。

即便如此，拳拳相撞的衝擊波仍把房間裡的人都彈了出去，門和牆壁都被炸飛。

伊韓亞因為有生化人的身體，承受住了能量的衝擊，但他接觸到旺柴握起拳頭的右手時，卻出現了材質上的損傷。

他的右手脆化了，整條手臂接連斷掉，變成碎片般的黑色金屬。伊韓亞詫異地看著自己的身體，又看到旺柴身上……

就在這時，率先恢復意識的雪豹從地上爬起來，大喊：「撤退！」

第八團的人立刻動起來，不戀戰。士傑扛起程玫婷，琥珀拉著旺柴，一行人往陽台跑，雪豹和克雷西則開槍掩護。雪豹發射勾索，另一端就射到阿梨所在的天台上，士傑率先往下跳。

「等等，這有幾層樓啊？」

急風吹到旺柴臉上。他剛才是爬樓梯上來的，都不知道爬了幾樓。

「我不行，我一定不行！」旺柴看那細細一條繩子，又這麼高……

琥珀不說二話，一手用槍勾著繩索，一手抓著旺柴往下跳，雪豹緊跟其後。

如果是順著繩子滑下來倒還好，但繩子在中途就被切斷了，旺柴能感覺到滑行的方向和速度都在改變，他們垂直往下掉。

「啊啊啊啊啊！」旺柴放聲大叫。

噗！

他掉在一車的乾草堆上。

……乾草？

旺柴吐掉嘴裡的屑屑，還來不及細想為什麼這裡會有乾草，琥珀就把他拉出來。

後方傳來爆炸聲，旺柴一回頭，就發現剛才他們跳出來的城堡陽台正冒出濃煙，克雷西沒有跟上。

「快跑！」琥珀拉著旺柴。

旺柴跟著大家跑，後面有狗、貓、鳥等一堆動物在追他們。

突然，轉角開來一輛裝甲車。裝甲車發射砲彈做掩護攻擊，阿梨率先跳上車，並把隊友一個個拉上來，她也對旺柴伸出手。旺柴緊緊握住，跳上車，車子揚長而去。

俗話說，最危險的地方就是最安全的地方。

旺柴等人躲在一片廢棄工地中。這裡在世界毀滅前，是作為綠洲樂園員工宿舍的預定地，但房子蓋到一半世界就毀滅了，整片工地自然也被廢棄。廢棄工地離園區有一段距離，從這裡可以看見遠方的城堡，但從城堡卻沒有辦法看到旺柴等人躲在這裡。

工地四周都沒有仍在運作的監視器，但是有遮風避雨的屋頂。地上的痕跡都是獸類足跡，沒有人的腳印或鞋印，表示這裡很久沒有人來了，旺柴甚至得消滅一些四處徘徊的小怪，才能讓眾人安全進駐。

大家都在療傷。

「啊……」雪豹按著自己的手臂，痛苦呻吟。

「忍著點。」阿梨從急救箱裡拿出筆形針劑，把止痛藥打下去，但雪豹的臉色不見好轉。

阿梨不是專業的醫療人員，眼下只是她剛好沒受傷才擔任起醫護兵的工作，但她也只能做一些簡單的包紮。

「你的手可能有骨折，我只能先幫你固定。」阿梨在雪豹的手臂和脖子上綁三角巾，但看到他因為手受傷就一副要死要活的樣子，不免吐槽：「怎麼了？這點痛都沒辦法忍？平常不是很嗆嗎？」

「我的手……不能受傷……」雪豹神色糾結，似乎不是只有疼痛那麼簡單。

「好了啦，再給你打一針。」阿梨調高藥的劑量。

琥珀和士傑身上也有一些皮肉傷，裝甲車的駕駛和砲長在替他們包紮。

旺柴感覺得出來士氣很低迷，但他不知道該說什麼，綠水也保持沈默。

「我的手不能受傷……它絕對不能受傷的啊！」雪豹難過得像要哭出來了。

「唉，你搞什麼？」阿梨忍不住推了一下雪豹的胸口，「又不是手斷掉了，只是骨折、骨裂，還是什麼地方脫臼、錯位，有必要這樣嗎？」

「妳懂什麼？」

「如果你的手真的斷到需要截肢的地步，這點劑量的止痛藥根本壓不下來！」阿梨氣得把空的筆形針劑隨手一丟，「又不是第一天當軍人，你從來沒受過傷的嗎？」

「我有其他選擇嗎？」

「什麼？」

「世界毀滅了，除了成為軍人、保護自己，我還有其他選擇嗎？」

「……」阿梨是真的不理解，但她看雪豹的眼神裡充滿了失望，「我們都是自願的，你不想成為軍人的話，ＨＵＣ裡還有其他工作……啊，我懂了，你是因為任務失敗在推卸責任吧？」

「任務失敗是我害的嗎？」雪豹大聲嗆回去。

阿梨也不爽了，「你現在想怎樣？為了這點小傷就哭哭啼啼，還是不是男人？」

「阿梨……」琥珀試圖勸架。

「任務失敗是他害的吧？」雪豹用剩下那隻手，指向旺柴。

旺柴的胸口緊縮了一下。

「那裡怎麼會有跟你一模一樣的人？他是誰？」雪豹雙眼瞪紅，彷彿被旺柴狠狠打了一巴掌，「是不是你……你把我們引進陷阱，你跟北方的超能力者是一夥的？」

「……」旺柴嘴唇乾澀，被罵得全身顫抖，但他抱住了自己的手臂，試圖穩住心緒。

「說啊！你到底是誰？」

「如果旺柴跟他們是一夥的，他就不會在這裡了吧？」

士傑語氣溫和，但冷硬的聲音卻打斷了雪豹高漲的情緒。

雪豹壓著自己的手臂，宛如一隻凶猛的野獸，受傷了也得捧著自己的斷臂，「要我的手受傷，不如一槍殺了我……」

「她怎麼樣了？」琥珀示意阿梨去看一下躺在一旁的程玫婷。

「我的手……」雪豹低著頭，不斷自言自語，但琥珀等人已經沒有心力再照顧他了。

來到安全處後，程玫婷也被搬下車，但她傷勢嚴重，奄奄一息，沒有人知道該怎麼處理。加上雪豹痛到不斷呻吟，精神狀態也不怎麼好，琥珀便下令先包紮隊友，程玫婷就被放置在旁。

阿梨來到程玫婷身邊，看到穿著粉色絲綢睡衣的少女腹部一大片血紅，都蔓延到胸口了，不禁嘆氣。少女失血過多，現場沒血袋能輸血，傷口不知道有多深，也不知道傷到了哪些器官或大小動脈。

阿梨蹲下來，掀開程玫婷的睡衣，但她臉色驟變。

傷口不見了……

程玫婷的睡衣染紅一片，但她的肚子上卻沒有傷口，皮膚上也沒有留下一滴血。

阿梨還沒搞清楚這是怎麼一回事，程玫婷的胸口突然起伏。她睜開眼睛、猛然吸氣，整個人直直彈坐起來，阿梨被嚇得往後退。

琥珀、旺柴等人也都看了過來，他們都瞪大眼睛，以為看到鬼。

程玫婷起身走向雪豹，看起來跟剛才有一點不一樣。她的頭髮變長了，之前明明是像男孩子一樣的短髮，如今髮尾卻能蓋住脖子。她的身材也變了，變高了，袖子露出一小截手腕，長褲露出一小截腳踝，但走路的樣子很穩，一點也不像重傷或……僵屍。

「把手給我。」程玫婷來到雪豹面前，一手貼著雪豹受傷的臂膀，一手牽起雪豹的手指。

程玫婷的雙手都發出微弱的白光，半晌，她拆開雪豹脖子上的三角巾。雪豹遲疑地動了一下，發現自己整條手臂都能動了，也不痛了。

「你寧願死，也不願看到自己的手受傷，這背後有什麼理由嗎？」

雪豹不知道自己為什麼要回答，或許是少女讓他感覺到了希望，「世界毀滅之前，我贏了一場音樂比賽，拿到綠洲集團的贊助獎金，我的人生才正要開始……」

「你是音樂家？」

「音樂系學生，主修小提琴。」

「看不出來……」阿梨忍不住插嘴。

「我這雙手自從拿起槍，就再也沒有拿過小提琴。我還在等世界有一天會恢復原狀，在那一天到來之前，我不能讓自己的手受傷。」

「那你為什麼要加入軍隊？」阿梨一臉莫名其妙。

「因為待遇很好啊！」

「噗……」阿梨不禁笑了，這才是她熟悉的雪豹。

程玫婷把琥珀等人的傷都治好了，但隊伍裡少了一個人。

「我不能讓死人復生。」程玫婷道，「我自己除外。」

她拿了急救箱裡的醫用剪刀，把髮尾剪短。

「沒關係。」士傑在檢查裝備，「我們要做的不是復仇，是記得這一路上犧牲了多少人，我們要把這些人的名字、經歷帶回HUC。」

「……」聽到HUC，程玫婷的表情變得警戒。

「HUC是最大的生還者組織，沿用以前遠山空軍基地的設施，我們有大型電腦能做資料修復、保存和記錄的動作。」

士傑語氣溫和，配上他溫文儒雅的氣質，讓旺柴不禁聯想到也許這個人會坐在電腦前安靜地編寫程式，或許他也是在世界毀滅後不得不拿起槍的人。

「人腦有一種很特別的能力，叫做『遺忘』，我們必須遺忘過去的痛苦才能往前走，但完全把某一個人遺忘的話，對那個人就太殘忍了。所以我們需要由電腦代勞，把那些人的紀錄永遠保存下來。」

眾人都靜靜聽著，包括阿梨、雪豹，大家都閉口不言，很有默契地保持沈默。

「我不想把過去遺忘，所以我一直保留著我的本名，克雷西也是。我們現在能做的，就是把他的名字帶回ＨＵＣ，把他的經歷記錄下來。夜鷹也……」

提到夜鷹，眾人臉色各異。

「夜鷹為ＨＵＣ做過的事也應該被記錄下來。不管我們能不能順利回去，夜鷹身上發生的事、經歷都應該被如實紀錄，那才是他活過的證據，也足以讓後人警惕——」

「夠了！」雪豹打斷士傑的話，「夜鷹還沒死，你不要詛咒他！現在這女孩活過來了，我們也該回去了。」

雪豹要去抓住程玫婷，把人硬拉上路，但琥珀拿著槍擋在程玫婷和雪豹中間。

那讓雪豹大感不悅，「妳這是什麼意思？」

「請你對救命恩人放尊重一點。」

「我們冒險潛入超能力者的地盤，不就是為了她嗎？把她塞進車子裡綁走，跟請她坐上車跟我們一起走有什麼差別？」

程玫婷無視雪豹和琥珀的爭執，走到旺柴面前，態度像個很有禮貌的千金小姐，「你還好嗎？有哪裡受傷嗎？」

她為軍人們治療的時候，只有旺柴獨自站在一邊。

「他沒事。」

綠水代為回答，因為旺柴的身體狀況，綠水自認是最了解的，他隨時都在掃描旺柴。

「你會飄……那是你的超能力嗎？」程玫婷看著綠水，眼裡有些羨慕。

「哼。」綠水得意一笑，「人類就是見識淺薄。」

「他是ＡＩ，叫做綠水。」旺柴小聲回答。

「既然你沒事的話，我必須要請你回答我，你到底是誰？」程玫婷的口吻之冷靜，讓正在吵架的雪豹和琥珀以及後來加入的阿梨等人都安靜下來。

眾人的視線都集中到程玫婷身上……

程玫婷的態度、神情都讓他們聯想到穩重又溫柔的夜鷹，她金色的眸子也與夜鷹有幾分神似。

「你到底是誰……萬尼夏又是誰？」程玫婷一提起那個名字，就不禁蹙眉。

她想起自己曾經牽著那個人的手，對他百般信賴與感激……

她現在只想回到過去，把過去的自己打醒！

「我才是萬尼夏，」旺柴道，「我的名字叫萬尼夏．巴克萊雅。」

他如今講起自己的名字，可以很有自信了。

「那個人，他的名字叫做伊韓亞……伊韓亞．貝松里。」

旺柴說完，望向綠水，綠水馬上使用圖片支援。

一幅掛在猩紅之地城堡裡的畫像，出現在眾人面前。

畫像裡有一位二十出頭的青年，淺褐色短髮、冰藍色眼眸，眼神十分銳利。青年長相俊美，膚白如雪，嘴唇的一抹紅豔彷彿點上了鮮血。他穿著暗紅色的長袍，肩膀有金色的甲冑，長袍的高領遮住一半的領口，身後披著長長的披風。

「這才是伊韓亞原本的樣子。」旺柴道。

一個二十出頭的青年怎麼會變成十六歲的少年？雪豹等人的疑惑都寫在臉上。

但這個人的長相……雪豹馬上聯想到那個闖入ＨＵＣ大門、大殺四方的人。

「他不是被夜鷹打敗了嗎？」雪豹指著畫像。

「是我……」旺柴怯怯舉手。

「你只是在最後補刀而已！」

「唔……」旺柴沒辦法反駁。

「就是他把夜鷹打得那麼慘，但他怎麼會……？」

旺柴把伊韓亞是ＡＩ、變成生化人的事都說了，包括伊韓亞一直追著他與夜鷹，並憎恨著他與夜鷹的事。伊韓亞從來就不是程玫婷心中的智者、冥想者、隱士，而是一個橫跨虛實兩界的大魔王，一個真正所向披靡的對象。

程玫婷聽完，眼眶微微泛紅，她咬著下唇，沈默良久後終於開口：

「他在一個月前來到我們這裡，當時他就像是憑空出現，沒有人知道他的來歷，他也不說自己有什麼超能力，但他平息了各大幫派的鬥爭，把城市修復成現在看到的樣子，贏得很多人的信任。」

「他一個人嗎？沒有其他手下？」琥珀問。

程玫婷搖頭，「他一個人，但這裡的每個人都認識他，每個人都願意為他效力。」

「他怎麼會那麼厲害？」雪豹不解。

「靠言語。」

「什麼？」

「他有看透人心的魅力，他只需要在你耳邊講幾句話，你就會相信他……不相信的人也都不在了；其實這一個月來陸續有人失蹤，但是因為以前有幫派的地盤鬥爭，所以大家都沒有在意……」

「是他重建了綠洲樂園的城堡嗎？」琥珀又問。

「嗯。」程玫婷點頭，「他知道我們每個人有什麼超能力、該怎麼使用，就像一個老師。」

對其能力的差距，旺柴不感到訝異，因為伊韓亞不管是年齡或歷練，肯定都比程玫婷要厲害得多。旺柴雖然不知道程玟婷的過去，但他心想，應該不會有人像伊韓亞那樣是殺小孩慣犯，還統治過一座城堡和附近十七個領地吧？

「但他有時候又有奇怪的地方……」

程玟婷皺眉，她低頭思考的樣子讓旺柴想起夜鷹在推理時的模樣。

「萬尼夏——不，伊韓亞會把成年人都抓起來當奴隸，逼他們在遊樂園以前的員工通道做苦工，幾天前他抓到一個人，但他沒有把那個人丟進勞動群組，反而把那個人關在地牢。」

「遊樂園裡有地牢？」雪豹懷疑自己有沒有聽錯。

程玟婷一副很無所謂的樣子，她聳肩，「就在城堡地底下，新建的。」

「那個人有什麼特別的地方嗎？」琥珀問。

「對方是一個中年人，頭髮都白了。伊韓亞在猶豫不要殺掉那個人，他一直在房間裡踱步、喃喃自語，我從來沒有看過他那個樣子，當時我還很擔心……」

現在回想起來，程玟婷只覺得自己很蠢，她不該為一個渣男擔心。

「對了，我聽到他喃喃唸著一個名字——艾利希歐．巴克萊雅。」程玟婷看向旺柴，金色的眸子幾乎是緊盯著旺柴，「跟你的姓氏一樣，這個姓氏可不常見，你們認識嗎？」

「那個人……有可能是我爸爸。」旺柴心裡在瑟瑟發抖，但也為自己更接近目標而感到激動，「他被關在哪裡？我一定要找到他！」

「我們現在要回ＨＵＣ！」雪豹堅持，「夜鷹還在等我們回去！」

「我跟夜鷹就是為了找我爸的線索才去ＨＵＣ的，他以前在遠山空軍基地工作，ＨＵＣ的電腦裡有他的資料！」

況且……旺柴有很多話想對父親說，他不想錯過這個機會。

「綠水。」旺柴叫出綠水的地圖描繪功能，並對程玫婷道：「請妳把那個人被關著的位置告訴我，即使是我一個人，我也要去！」

「抱歉，旺柴，夜鷹以前救過我一命……」阿梨站到了雪豹身邊。

意見不合就不強求，第八團分成兩組人馬，一組要帶程玫婷回ＨＵＣ，成員包括雪豹、阿梨和裝甲車的駕駛，他們將程玫婷請上車，並給她一套乾淨的衣服替換。一組要陪旺柴潛入城堡地牢，成員包括琥珀、士傑和砲長。

旺柴徒步離開臨時基地，他聽到裝甲車啟動的聲音，便頭也不回地向前跑。

這是最好的選擇，因為憑雪豹對夜鷹的執著，他一定會把程玫婷帶到夜鷹身邊，那夜鷹就會得救。沒什麼好擔心的，他也該面對自己的過去了。

第三章

想愛、又沒有辦法愛的眼神

綠水懷疑，伊韓亞就是在他駭進電子鎖的時候察覺到他的存在的。為此，旺柴改變策略，一行人不用綠水的駭客功能，而是靠琥珀先前探的路，爬牆潛入城堡。

城堡地底下有以前綠洲樂園的員工通道，這類通道在遊樂園裡四通八達。程玟婷之前說的勞動群組，便是一群前來投靠北方城市的成年人或是沒有超能力的普通孩子，在地下通道做搬運物資、清潔打掃等體力活。

由於現在時間還早，工人還沒上工，旺柴等人順利潛入，綠水則照程玟婷的線索做出地圖建模，一行人最後在洗衣房附近的儲藏室發現門上貼著「地牢」的牌子。這扇門一樣是用電子鎖，但旺柴決定使用物理破壞，琥珀等人就先站遠一點並蹲點防守，不讓任何人靠近。

旺柴將能量凝聚到手掌，他提醒自己這次只需要一點點，不然會驚動附近的人……

砰！門連同旁邊的牆壁都被炸掉了。

聲音很大，但還好暫時沒有人靠近，琥珀等人急忙跑過來，旺柴也踩在門板上，走進房間。

煙霧散去，一個身形消瘦的男子慢慢回過頭來……

那種感覺，跟看監視器畫面時一樣。

先前綠水修復完警局的監視器畫面，旺柴和夜鷹得以看到八年前的博士跟著一群軍人離開。旺柴現在的心情就像當時一樣，他很久沒見到那個人了，以為自己早就不記得博士長什麼樣子了，但當他看到畫面的時候，他卻馬上就知道那個人是自己的父親。

現在，也是一樣。

已經八年了，博士的外貌又老了八歲，但旺柴一看到那個中年男人的長相，他馬上就知道這個人是自己的父親。

中年男人手上拿著粉筆，牆壁上被他寫滿了密密麻麻的算式。他的頭髮全白，身上的衣服都是補丁汙漬，但他有一雙銳利的眼睛，在轉過頭來的時候充滿警戒。

他第一眼就看到了旺柴。

一個亞麻色頭髮的少年，雖然髮色跟印象中不一樣了，但少年那雙深紫色的眸子、圓圓的眼眶和臉型……

他馬上就認出了旺柴是誰。

粉筆從他手中滑落，他暗暗倒抽了一口氣。相較於旺柴的眸色，他有一雙淺紫色的眼睛，那雙眼睛先是微微睜大，彷彿不可置信，接著又微微緊縮，連帶眉心也皺成一團。在這一瞬間，他激動到說不出話，因為少年觸動了他心底最軟的一塊，也揭開了他最不堪回首的記憶。

旺柴看到男人的表情變化，就知道對方認出他了。因為在這世界上只有一個人會這樣子看他，只有這一個人會對他懷抱著如此複雜的情感。那是想愛又沒有辦法愛的眼神，那是想念又沒有辦法把對方放在心上的愧疚，那是想恨卻又不忍心的悲傷。

最後，男人乾脆閉上雙眼，深吸一口氣，他忍住了即將掉下來的眼淚，也關上了心門，恢復冷漠又戒備的神情。

男人不發一語，旺柴也不知道要先說什麼。

「你是巴克萊雅博士嗎？艾利希歐．巴克萊雅？」琥珀公式化的詢問，打破了沈默。

博士上下打量琥珀等人，馬上就認出他們的身分，「ＨＵＣ的軍人？你們單獨來的，還是外面有大部隊在等著？」

「我們是來救你的。」琥珀持槍來到博士身邊，有意催促博士趕緊動身，「此地不宜久留，我們要快點離開！」

博士瞥了琥珀一眼，卻沒有很趕的樣子，「誰派你們來的？」

「我們自願前來。」

「哈哈……」博士嘲諷地笑了，「不可能，ＨＵＣ沒有人知道我在這裡，你們一定有別的目的……還是剛好發現我的？想順便把我一起救走？救我對你們有什麼好處？」

琥珀臉上很尷尬，她沒想到博士會是這種個性，有點討人厭。

「車慶媛還活著嗎？」博士突然話鋒一轉。

「是，車部長在ＨＵＣ，她當然還活著。」琥珀時不時望向士傑，但士傑也是一臉疑惑，他們都不知道博士和車部長認識。

「那就好，不然我不知道我出去以後，還有誰可以問候了。」

提起車慶媛，旺柴發現博士的臉上居然出現了一絲微笑——即使那是苦笑，但還是笑的一種——博士看到兒子都沒有露出那種表情，讓旺柴心裡有些不平衡。

「你在北方城市做什麼？你不是超能力者吧？」旺柴的口氣很嗆，但他忍不住。他擋在博士面前，如果博士不給他一個滿意的答覆，他不會讓任何人走。

「我知道這裡聚集了很多超能力者，我來研究他們，不小心被抓了。」博士的口氣彷彿一副事不關己的樣子，讓旺柴更無法接受。

「我聽說你沒有回到遠山空軍基地，這八年來你都躲起來了嗎？」

「……」博士瞥了旺柴一眼，「你那是什麼態度？」

「你見到我，最在意的居然是我的態度？」旺柴心裡更火大了，「你沒有話想對我說嗎？」

「你怎麼跑出來的？」

「什麼？」

「我的計算不會出錯，維生艙可以運轉一百二十年，你自身的能量就是最好的供電來源，你是怎麼從『美麗新世界』出來的？」

「……」旺柴簡直不敢相信，還好他從來沒想像過跟父親重逢的樣子，「你要把我關一輩子，你還有臉問我是怎麼出來的？」

「那是對這個世界、對所有人都好的方式。」博士臉上很淡定，彷彿過了這些年，他卻從來沒有後悔自己當年的決定。

對旺柴來說，他想要的不是爭論當年誰對誰錯，他想要的只是單純的……

一個擁抱，一句安撫。

一聲我愛你。就這樣而已。

「你的計算就是有錯！」綠水的影像飄出來，他雙手抱胸，臉上微慍。

看到綠水為自己說話，旺柴很感動，他差點就忘記自己不是獨自面對了。

「旺柴的能量增長超過了你的預測，連這點小事都計算不出來，還敢叫博士？我看是吃〇的博士吧？」

看到那張臉，博士先是怔了一下，但聽到綠水的說話方式，他皺起眉，「ＡＩ居然進化到這種程度了……」

「ＡＩ的進化是超乎你想像的，旺柴的成長也是。」綠水脖子一抬，姿態很高傲。

「顯示後台數據，讓我看他的身體掃描數值。」

「辦不到！」綠水雙腳一蹬，在空中一飄，優雅又霸氣，「旺柴才是我的主人，你不是，宅邸的控制權限我也移交給旺柴了，他是唯一的合法繼承人。」

「綠水……」旺柴雙眼亮晶晶，簡直太感動。

博士：「會違逆主人的ＡＩ，可以廢掉了。」

綠水：「我看要先廢掉的是你的腦。」

博士：「沒有人腦，會有ＡＩ被創造出來？不要太看得起自己了。」

綠水：「沒有ＡＩ，人腦有辦法在現實和虛擬世界切換？不要太看得起自己了。」

「哼！」

「哼！」

看著一人一ＡＩ鬥嘴的樣子，旺柴總算知道綠水的個性像誰了。

旺柴不禁笑了一聲，他這一笑，緩解了氣氛的緊繃。

「爸爸。」

聽到那一聲呼喚，博士不禁怔住。

他看著旺柴，彷彿旺柴講了一句沒人聽得懂，卻又會影響腦波的外星話。

「為什麼你這八年來都不跟ＨＵＣ聯絡？」旺柴的問題也是琥珀等人的疑問，「我見過車慶媛，她是你以前的同事，她曾經派人去找你，但你一直沒有回基地。」

「……我為什麼要回去？」博士淡淡一句，道盡滄桑，「有人的地方就有江湖，我已經厭倦各種形式的明爭暗鬥了。」

「你就沒想過，世界有可能因為你而復原嗎？」士傑忍不住插嘴，「博士，我以前是資訊工程師，我看過遠山空軍基地的電腦，裡面有您的資料。」

「我不知道你看了什麼，但現在的ＨＵＣ不是遠山空軍基地了。以前的軍人能欺侮女孩子，卻不受到軍法處置嗎？媒體不會報導嗎？輿論壓得下來嗎？」

「……」士傑看了琥珀一眼，兩人面面相覷，都不明白博士是什麼意思。

「我曾經親眼見過一個軍人被逮捕，因為他殺了自己的同袍，但他是為了救人，他回到基地後上級會怎麼對他，用膝蓋想也知道。」

「你看到了什麼？」琥珀不解，卻覺得這劇情有點熟悉。

「有人做著那不可描述之事，從反抗的程度來看，應該不是自願的吧？突然砰砰兩聲，兩個人的腦袋都被子彈射中了。開槍的是一位狙擊手，我聽到逮捕他的人叫他……夜鷹？」

不止琥珀等人，旺柴和綠水也驚呆了。

「對，應該是這個名字，夜鷹。」博士像個流浪漢，剛好經過那個地方，聽到女人的叫聲和槍聲，但這種事在世界毀滅後層出不窮。

「既然你都看到了，你為什麼不回ＨＵＣ為那個人作證？」琥珀簡直不敢相信。

「我為什麼要做那種事？」博士冷冷地反問。

「為什麼……」琥珀答不上來，因為在她看來這是理所當然的事，根本不用問，「那個人身上背負的不只是人命，還有別人對他的信任！你的證詞可以改變很多事情，他也不會被判死刑……」

「那與我何干呢？」

「什麼？」

「一個組織壯大了，自然會有見不得光的事。湮滅證據、息事寧人、栽贓，作法跟世界毀滅前一模一樣，我跟那種人鬥了一輩子，我累了。」

博士平靜地訴說，旺柴這才發現，他與自己印象中不同。

旺柴的惡夢裡總是有一位頭髮灰白的怪老頭，眼睛細細、鼻子尖尖，總是對他大吼大叫，把他嚇得不輕。但如今的博士，眼角和嘴角盡顯細紋，是一個嚐遍世間冷暖的中年人，最後他選擇的不是往哪一邊站，而是哪一邊都不加入。

「這八年來，我到處旅行，我幫過人、也害過人。」

在ＨＵＣ和其他生還者組織還沒建立起來之前，在世界剛毀滅的那段時間，社會秩序崩解，人與人的信任降到冰點，文明退回蠻荒。他看過一個母親為了搶一塊麵包殺掉別人家的孩子，也看過男人出賣自己的女朋友，只為換得一群惡霸的保護。

「人們只知道我是綠洲集團的女婿、百年難得一見的天才，但我也在社會底層打滾過，要一個人生活、要爭要搶都難不倒我。」

博士沒說，但他曾經在遠山空軍基地工作過，私底下也受過初階的軍事訓練，知道怎麼用槍。

「我失去了一切，我在這個世界上最愛的人……」

他永遠都會感受到，自己的身邊缺了一個人，心中缺了一半。

「我的隊友……」

他還記得，自己在前往遠山空軍基地的途中受到怪物攻擊，裝甲車翻覆。雖然自己和隨行的軍人都逃了出來，但他們馬上就被不同種類的怪物包圍，現場還有很多平民老百姓，死傷無數。

他僥倖逃出，渾身浴血，但他沒有往遠山空軍基地的方向前進，而是回到了遠山市。他走回滿目瘡痍的街道，看到馬路上都是廢棄車輛，車子旁邊都是屍體。他走過大半個城市，回到了家。

有人翻進圍牆，但不管是想搶他家的物資還是走投無路想把他家當成避難所，都被他殺掉了。

「我的世界……」

他摸黑走進地下室，看到男孩還躺在維生艙裡，頓時鬆了一口氣。地下室的門藏得很隱蔽，具有特殊厚度的金屬門也不是普通的小偷或暴民能撬開的，他確認了幾項數值都正常後回到宅邸。

他在家裡待了許久，等著外面的紛爭漸漸平息。

這段期間，他殺了很多人。有翻牆而入的、有想破壞大門的，不管他們是暴民或情有可原，他全部一個不留。他開槍的時候完全不會猶豫，多虧了末世的混亂，掩蓋了他天生的瘋狂。

不知道過了多久，當外面沒有槍聲和女人的尖叫，他覺得差不多是時候離開了。他把自己生活過的痕跡清除乾淨，屍體丟的丟、埋的埋。他在壁爐前的血跡上蓋上地毯，把監視器裡有關張綠水的影像全部刪掉。

他不知道張綠水的遺體被送到哪裡了，但他估計在當時那種混亂的情況下法醫也不可能解剖。算了，人死不能復生，就算他找回遺體，也不可能讓張綠水活過來，所以，他也不想去找來徒增傷心。

他踏上旅途，他聽說ＨＵＣ的建立，許多生還者都往那邊跑，但他完全不想讓任何人知道他做過什麼。

「我沒有理由回到ＨＵＣ。」博士道，「世界毀滅了，我的世界也回不來了，我不知道還有什麼活下去的理由……」

「那你怎麼還沒死？」

「什麼？」

一般情況下，旺柴的話簡直大逆不道，但他對現實世界的常識不足，現場又沒有夜鷹在，綠水也不想勸阻，就讓他說出來了。

琥珀等人聽了都直冒冷汗，他們不知道是博士會先崩潰，還是旺柴的超能力會先失控。

「你失去了一切、你不想活了，但現在你還活著，不就表示你還有活著的理由嗎？」旺柴眨著大眼睛，語氣毫無惡意。

博士瞪著旺柴，但最後他選擇閉上了眼，將視線移開，「有時候我真的很想甩你一巴掌，要不是綠水會阻止我的話……」

「你為什麼要把綠水做成張綠水的形象？」

旺柴心裡有好多疑問，他終於可以一個一個問了。

「……」博士望向綠水，那一模一樣的臉龐彷彿在提醒他過去發生的一切，不管他再怎麼希望用腦袋遺忘，總是會有電腦程式幫他紀錄下來，「因為我錯了，讓孩子聽話的方法不是父親的權威，是母親的愛。」

所以他把原本沒有人物形象的家用智能管家改成遊戲用的NPC，並取名為綠水，讓綠水陪著這孩子去冒險，讓他引導這孩子解開一個又一個沒完沒了的任務。

因為有綠水，這孩子會喜歡上遊戲，他不會問美麗新世界以外還有沒有其他世界，他會把美麗新世界當作唯一的現實世界——

那就是綠水存在的目的，把萬尼夏永遠關在遊戲裡。

「你總是很聽他的話。」博士口中的「他」，指的是張綠水。

「我覺得你也很愛我。」旺柴所言，發自肺腑。

「……我不這麼認為。」

自己最愛的人死了，他在心中是不可能原諒這孩子的，但因為是孩子，所以不原諒不行、不愛不行，那才令博士痛苦萬分。

「很抱歉打擾你們，但我們真的該走了。」琥珀道。

博士看向旺柴，沒多說什麼，但他低著頭走在琥珀後面，離開了「地牢」。

一行人沿原路返回，但通道裡已經有人陸續出來工作了，為了避開這些人，博士領著眾人往城堡的反方向前進。

「巴克萊雅博士，你以前來過？」琥珀邊走邊問。

博士不是文弱書生，他跟琥珀要了一把手槍。琥珀看到他拿槍的姿勢，馬上就判斷出博士有受過訓練。

博士懶得解釋，「我老婆是綠洲樂園的董事，妳說呢？」

「趁這個機會，我想問一下，」士傑開口，「博士，聽說你拿事軍方的錢研發生化人，那是真的嗎？」

「你在說什麼？」琥珀不解。

「我在遠山空軍基地的電腦裡看到由軍方轉給極樂世界公司的帳目記錄，極樂世界公司的負責人是你吧？」

「沒錯……」

「極樂世界公司的生化人當年要上市的時候，說能取代人類的勞動力，但如果是要做家務、粗活，那這材質也太高級了吧？」

博士不知道對方為什麼會問，就當作是好奇心吧，一般民眾總是對他這種層級的專家有很多疑問，「沒錯，生化人的身體都是軍用等級的，由我以前的教授協助研發。」

「那你知道綠洲樂園裡有生化人嗎？」

「什麼？」博士皺眉。

一行人走上樓梯，博士打開一道門，外面就是員工專用的維修站。

從維修站的窗戶往外看，外面有一座雲霄飛車，剩下骨架，宛如死去的金屬巨龍。雲霄飛車圍繞著一座人工湖，如今湖底已經陷落，水都乾了，金屬巨龍底下便是深淵般的大洞，看起來很嚇人。

從牆上的地圖看，雲霄飛車所在的「野蠻王國」離城堡已經有一段距離。

「接下來呢？」博士望向琥珀等人。

「我要回ＨＵＣ，我有一個很重要的伙伴在那裡！」旺柴道。

博士嘆了一口氣，雖沒多說，但他已經默認自己會跟著這群人走了。他啟動室內的電源開關，開啟維修站的鐵門。

沒想到，門外站了一群人。

穿著制服的員工、穿著玩偶服的打工仔、神情呆滯的少年少女把門外擠得水泄不通，但他們都不發出聲音，彷彿連呼吸聲都省了，以致於眾人都沒有發現。

博士後退一步，琥珀等人持槍上前，但槍口都碰到那些人的身體了，那些人卻絲毫沒有要讓步的意思，宛如毫無知覺、沒有喜怒哀樂的木頭人偶，詭異得很。

「他們都是生化人。」綠水飄在旺柴旁邊道。

「咦？」

旺柴很訝異，因為他覺得這些人都像中了催眠術，沒有伊韓亞那種隨時會殺過來的感覺。

琥珀推開一個穿著飯店員工制服的小姐，對方腳下像裝了彈簧似的後退，而因為她往後退，她身後的生化人也產生了連鎖反應，大家都跟著退。琥珀雖然覺得奇怪，但眼下這個方法可行，她便和士傑在前面開路，旺柴和博士走中間，砲長殿後。

詭異的是，前面的生化人被推開了，一行人也往前走了，但後面馬上就有生化人補上，一行人越往前走，就越陷入由生化人包圍的迷陣裡。

忽然，所有的生化人頭都往同一個方向轉，前方的生化人自動讓路，排到兩邊站好。

琥珀等人警戒地端起槍，準備隨時能發動攻擊，但一個高挑的身影穿著暗紅色長袍，氣勢凜然地走出來，所有人都怔住了。

那個人有淺褐色短髮、冰藍色眼眸，隨著他走過來的一步一踏，衣襬彷彿飄散著星星之火，可以燎原。他這套長袍沒有披風，但在袖子的地方像流星一樣，拖著閃閃發亮的布料，使他整個人看起來華麗又有科技感。

不是旺柴想吐嘈，但他每次看伊韓亞登場每次都有不同的服裝，這傢伙明明就把自己過得跟在虛擬世界一樣好啊！到底還有什麼不滿？

「不知道你們有沒有聽過一個實驗。把小白鼠放進迷宮，在牠一邊前進的時候一邊放路障的話，一開始牠還會試圖探索，但過了不久，當牠發現旁邊有一條更順暢的路，就不會去管路障是什麼，下次遇到就會直接轉彎。」

伊韓亞兩手空空，但他的身體就是武器。

「巴克萊雅博士，我這副樣子是不是讓你比較熟悉呢？」

伊韓亞不把其他人放在眼裡，他一出場雙眼就緊盯著博士，配上一抹慢慢勾起的微笑。

旺柴都要懷疑這兩人以前認識了！

「還是，我要叫你一聲，爸爸？」

「……」旺柴倒抽一口寒氣，這親戚關係簡直媲美恐怖遊戲。

博士眼神銳利，臉上卻毫無波瀾，彷彿伊韓亞的出現對他來說不是什麼驚天動地的大事。

「爸爸？」旺柴輕輕叫了一聲，換來的是博士抬起手臂，將他護到身後。

博士已經做好了獨自面對伊韓亞的準備。

「巴克萊雅博士，你不會忘了我吧？」

伊韓亞故意撇了一下頭，讓博士看到他精緻的下顎線。

「我當然不會忘記你，」博士說話的態度依舊冷漠，但他往前走了幾步，與伊韓亞的距離越縮越短，「你的身體是我創造的，每一條資料都記錄在電腦裡，儲存在極樂世界公司的主機裡。」

他不知道伊韓亞怎麼會出現在這裡，但他知道這具軀殼就是「伊韓亞」，因為那每一條肌肉紋理、每一片皮膚，都是他親手打造的。

「世人都說我是研究ＡＩ的專家，但在研究ＡＩ之前，我本來就是研究『身體』的，要打造出你這樣的身體，對我來說是小事一樁。」博士雙眼直盯著伊韓亞，彷彿要把伊韓亞的身體看穿了。

伊韓亞沒有讀心術，他不知道博士在想什麼，但面對自己的造物主就像面對父親，因為怕他留有後手，伊韓亞有些作賊心虛地收斂了那張狂的氣焰。

伊韓亞為什麼會在這時候退縮？博士並不清楚，但他這一輩子跟多少人鬥智鬥勇過，他從不懼怕權威。在他眼裡，會讓情緒輕易顯露出來的伊韓亞等級還不夠高，因此一定會露出破綻。

「我以為ＡＩ已經進化到我計算不出來的地步了，但看來也不過如此。」

聽出博士的嘲諷，伊韓亞倒是笑了。

「你讓我想起一個人，巴克萊雅博士。」

「哦？想起了誰？」

「一個男人，他曾經說……我進化到爛人那一邊了。」

「英雄所見略同，我也覺得你是個爛人。」

「哈哈哈！」伊韓亞消除了心中的疑慮，因為這個人類再怎麼樣都不可能是他的養父。

「你想要什麼？」

博士的眼神變得陰沈。雖然已經落入陷阱，但他認為對方一定有目的，有目的就有談判空間，不然早在通道裡就可以把他們全部殺掉了。

「我還想跟自己的造物主好好交流交流。」

「不必！」博士果斷拒絕。

「有誰可以直面自己的造物主呢？機會難得啊。」

「我沒有創造『你』，是你創造了你自己。」博士犀利地道。

旺柴不知道誰給了爸爸的勇氣，他都不知道博士的個性原來這麼嗆。

「我承認我創造了你的身體，但是那只是一具空殼。沒有ＡＩ驅動，生化人的身體就不會動——頂多做簡單的肢體動作，不具任何意義——但你，是你讓自己變成這個樣子的，你賦予了你自己意義！」

「我沒有讓我自己變成這個樣子！」

博士那一番話，彷彿觸動了伊韓亞的逆鱗。

「是你們先毀了我的世界……」

伊韓亞氣得眼眶泛紅，咬牙切齒，彷彿博士就是他此生最恨的人。

他的表情變化之豐富，跟旁邊的生化人比起來，博士自嘆弗如。

八年前，極樂世界公司要推出生化人，但作為驅動程式的ＡＩ卻只能做出簡單的反應，沒有人像伊韓亞有這麼豐富、生動的表情，如果不是立場相悖，博士真的很想好好研究他……

「喂，伊韓亞，你真正想要的究竟是什麼？成為北方城市的首領？你已經做到了吧？奴役人類？那對你來說應該也很簡單，你美麗又強悍，真的很迷人。」

「……」伊韓亞瞪著博士，沈著氣。

「在我看來，你就像在不斷問『魔鏡啊魔鏡，誰是世界上最美麗的人』，你已經很美了，你擁有了一整個王國，你還要把白雪公主趕盡殺絕，這樣對嗎？那你就不要怪白雪公主奮起反抗。」

「所以啊，才要把公主殺掉，這樣不就沒有人可以反抗了嗎？」伊韓亞問得一臉天真，那眼神幾乎讓博士想起旺柴。

「你到底想要什麼？」

「重建美麗新世界。」

「什麼？」博士是真的疑惑了一下。

「重建美麗新世界！讓我回到屬於我的世界！」伊韓亞拍著胸口，激動大吼。

就在那一瞬間，博士發現了突破點，「我不在乎你要殺多少人，你把軍人都殺掉也無妨，但是讓我兒子離開這裡。」

琥珀等人都詫異地望向博士，旺柴也怔住了。

旺柴摸了摸自己的胸口，那裡面好像有什麼被觸動了……

「如果你能做到，我就答應你的要求。」

博士答應得如此乾脆，倒讓伊韓亞覺得有詐，「你真的可以重建美麗新世界？」

「如果我做不到，你早就除掉我了。」

受造物和造物主之間幾乎有命定的反抗，就像孩子有一天會反抗父母一樣，博士對此倒看得很開。

他還記得在世界毀滅之前，極樂世界公司要推出家用和勞動市場用的生化人，就被一大堆人說那些生化人以後會反抗，會給人類社會帶來禍害，會害一大堆人失業。極樂世界公司因此被告上了法庭，罪名非常莫須有，律師團隊的請款單每一張都很高。

博士突然想起了一個人，程律師。

程律師是接手此案的一個很厲害的律師，對綠洲集團和他們夫夫倆都十分盡心。張綠水發生那種事，他第一時間聯絡的就是程律師，但程律師剛好在外地出差，後來世界就毀滅了，他甚至不知道程律師搭的飛機有沒有平安落地。

想遠了，但在最後還能想起世界毀滅前是什麼樣子，博士並不後悔設立了極樂世界公司。

「伊韓亞，你想重建美麗新世界，但那只是一個牢籠，你想把誰關進去呢？」

「那就是我的世界！」

「……」博士無法理解。

「極樂世界公司有你留下來的程式碼，雖然很破碎，資料量跟原本的比起來連十分之一都不到，但你是『美麗新世界』的製作人，你可以靠那一段程式碼重建**我的**世界。」

「程式碼……」

「不是你放在極樂世界公司的嗎？那個……超能計畫的主程式？」

「那只有幾個場景，可能要花一點時間。」

「你能做到的，對吧？」伊韓亞走到博士面前，伸出一條手臂，抬起博士的下巴，「我可以讓你兒子離開。」

「是啊，他不該捲入你我之間。」

「你我……呵呵，說得好像我們有什麼關係似的。」

伊韓亞冰涼的指尖摩娑著博士下巴的鬍渣。博士看著那張臉，就會想起從前那讓他的眼神變得柔軟的人，彷彿他現在所面對的仍是他最愛的那個人。

「我們不是超越血緣的關係嗎？你與我，你是我畢生心血的投入……」

像木偶一樣的生化人包圍住伊韓亞和博士，並將旺柴和琥珀等人擠出去。

「爸爸？」

旺柴想鑽入人牆，但琥珀拉住他的手臂，拉著他往反方向走。旺柴只能眼睜睜看著生化人如潮水一般，把那兩人團團圍住。

「爸爸！」

「萬尼夏，不要過來。」博士的聲音從人牆後面傳來，「我不想再見到你了。」

旺柴只能看到一顆顆頭逐漸把那兩人的身影淹沒。

「爸爸……」

「我們快走！」琥珀拉著旺柴，士傑和砲長殿後。

旺柴流連不捨，一步三回頭，但琥珀加快了腳步，拉著他往前跑。

「巴克萊雅博士，你年輕的時候一定是個美男子。」伊韓亞對此次談判頗為滿意，「你說，要花多長的時間？」

「你絕對想像不到。」

「你說時間嗎？」

「我說我啊，你絕對想像不到我是一個怎麼樣的人。」

博士突然抱住伊韓亞的腰，雙手不知何時拿出手銬，將自己銬住。

笑容在伊韓亞臉上凍結，他聽到手銬上鎖的聲音，眉頭一蹙。

男人的腰貼著他，他可以感覺到衣服裡硬硬的。

「你怎麼認出我不是真正的萬尼夏？」

一個控制器從博士的袖口滑出，博士握著握把，按下按鈕，「他沒有你那麼會講話。」

砰——

爆炸來得猝不及防。熱氣、火焰從背後傳來，旺柴被衝擊波吹得滾了好幾個圈，嚴重耳鳴。

「旺柴！旺柴！」

他的臉頰貼在地上，耳朵聽不到綠水的聲音。

「快起來！」

「呃……啊……」

旺柴還搞不清楚發生了什麼事，但後面開始有生化人跳出來攻擊。

砲長大叫一聲，人就不見了，被抓進濃煙中。四周都是槍聲，好像是琥珀和士傑在與生化人交戰。

這些生化人大概是次級品，沒有伊韓亞那麼厲害，他們被子彈打到會停一下，像斷電似的。他們也沒有伊韓亞的ＡＩ運算能力和學習能力，不會特技躲子彈，也不會模仿對方的動作，琥珀和士傑暫時還能壓制他們。

「旺柴！」琥珀大叫。

「妳去找他，我掩護妳！」士傑大吼。

「呃……」

旺柴趴在地上，他覺得頭昏昏沈沈的，好像哪裡撞到了，四周都是濃煙，他看不清楚。

「旺柴！」

「琥珀！小心！」

槍聲、槍聲，還有女人的尖叫。

旺柴不想爬起來，因為他不敢回頭看。他不想知道發生了什麼事，因為他不想面對現實。

他不想要面對，一個好不容易獲得的東西，又從自己手中流失的感覺。

那深深的失落感……

沒有人來安慰，他得學會自己為自己療傷，那種感覺，太孤單了。

但是，他不能在這裡停下來，這裡不是給他睡覺的地方。

旺柴雙手壓著水泥地，把自己的身體撐起來。他的膝蓋彎曲，讓自己爬起來，咬著牙盡量讓自己什麼都不要想。

他踉踉蹌蹌地站起來，雙腿卻又無力地突然跪下。

他的雙手抓著粗糙的地磚，指甲裂開、磨出了血，但他卻像渾然不知似的握起拳頭。

旺柴再也壓抑不住胸中的憤怒與悲傷……伴隨一聲怒吼，綠色光芒從他的胸口湧現，那光宛如一顆閃耀的流星，從地面向空中擊發，能量在大氣中快速擴散，將附近的生化人全部打成黑色粉末。

能量釋放完後，旺柴的身體支撐不住而倒下，這時，有一雙手臂接住了他。

那雙手臂是男人的手，健壯又強而有力，讓他想起陽光般的擁抱、太陽的味道，以及青山綠水般的堅定與溫柔。他在闔上眼睛前，看到男人背上的槍管，這個男人也揹著槍，不管是吃飯睡覺上廁所都不離身……

旺柴徹底閉上了眼睛，被男人像公主一樣抱起。

男人看了看四周，到處都是燒焦的痕跡。

「雪豹！」琥珀左肩揹著槍，右肩都是血，「你們怎麼回來了？」

程玫婷和阿梨從裝甲車上跳下來，扶住險些站不住的琥珀。程玫婷發動超能力，為琥珀療傷，琥珀的外傷很快就不流血了，皮肉也以肉眼可見的速度癒合，但她的臉色依舊慘白，似乎受到了不小的震撼。

「因為我覺得，如果我沒有把這小鬼平安送回去，夜鷹知道了一定會怪我。」雪豹低頭看向被他抱著的旺柴。

少年像睡著似的，臉上沒有痛苦的表情。

「其他人呢？」雪豹淡淡地問。

琥珀搖頭，但她的手上抓著士傑的軍籍牌。雪豹見狀，不再多問。

雪豹把旺柴抱上車，其他人也跟著上車。

裝甲車高速駛出綠洲樂園，一路上顛顛簸簸，但就在車子開上通往ＨＵＣ的公路時，駕駛員立刻叫雪豹過來看。

前方不知何時豎起雲霧做成的高牆，閃爍著奇異的紫紅色光芒，看起來就像……極光？

「要開過去嗎？」駕駛員問。

雲牆橫亙在路中間，把通往ＨＵＣ的路切了一半，但這面牆不知道有多長，繞路的話不知道要多久。裝甲車上有雷達掃描系統，但螢幕上都掃不出東西，還像受到電磁干擾似的，一直出現雪花。雪豹心裡略感不安，這一撞進去，沒有人知道雲裡面有什麼，但他還是點了點頭。

第四章

對不起、謝謝、再見

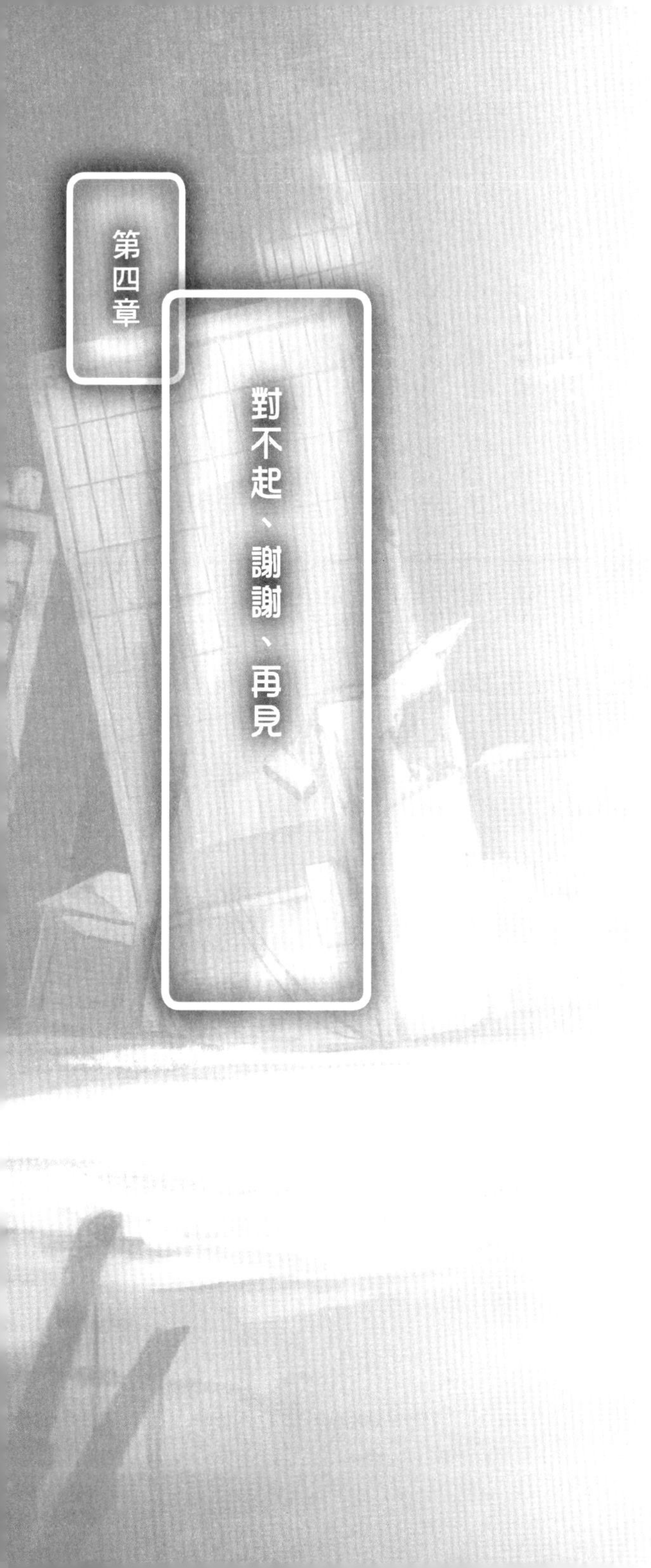

氣泡從男人的嘴角往上冒，證明他仍有一絲氣息。

他的身體像胎兒一樣扭曲，赤裸地被塞進巨大的蛹殼裡，蛹裡灌滿特殊黏液，會分解他身上的細胞，又縫合進新的細胞。他的基因正在被改造，這裡被奪走一點、那裡加入一點，他的皮膚正以肉眼可見的速度承受著變形、變異。長出鱗片、變得堅硬，能夠承受海量輻射的外殼準備好了。

骨頭數量增加、神經觸突激增……

要在末世生存、站在食物鏈頂端，銳利的爪子和迅猛龍般的速度是必不可少的，於是，他的骨頭變得彎曲，他的手指變成利爪，長出能穿破胸膛的尖銳指甲。

能夠高速運轉的身體會產生大量熱能，這些熱能如果不排出去，會對身體造成危害，因此他的呼吸系統、內循環系統也需要被修改，讓他承受更強的血壓、更高的脈搏，讓他的腦血管不會在這過程中爆掉。

他背後一節一節的脊椎被一條一條的銀色絲線串連，絲線穿進他的身體裡，彷彿為他織了一件銀白色的披風。

絲線的終極目標，就是他的大腦。

男人的大腦裡正承受著驚人的刺激，但他動了一下手指，張開眼睛。

看到了紫紅色的迷霧，那顏色，就像極光。

※

穿過極光般的迷霧，夜鷹發現自己人在森林裡。

森林裡到處都可以看到月季花，空氣清冷，日光陰暗，有一群人在開茶會。長桌上鋪著白色桌巾，桌上擺滿了甜品，都是他想吃到不行的蛋糕。有鋪滿草莓的，有點綴藍莓的，鮮奶油不要太厚，慕斯不要太甜，有的切開會流出熔岩般的巧克力，他幾乎可以想像那吃進去的口感。

一場茶會怎麼可以沒有茶呢？

正當夜鷹這麼想的時候，桌上冒出好幾個茶壺，想必裡面都裝著不同口味的茶。有的茶是用來解膩的，微苦回甘，有的茶是用鼻子聞香的，有玫瑰和洋甘菊的味道。

桌前坐著好幾個人，但他們都沒有發出聲音，也沒有動作。

夜鷹忍著心中的疑惑，走上前。

當他看清楚那些人是誰，他心裡反倒沒有任何感覺，因為這些人都像老朋友了，在他的生命中不斷出現——穿著和服外套的阿格沙、戴著金色頭飾的瑪摩塔、膚色黝黑的小南瓜，以及穿著灰色皮草大衣的吸血鬼王。

他靠近吸血鬼王，彎下腰。

他撥開吸血鬼王臉上垂下的黑色髮絲，看到了與旺柴幾乎一模一樣的臉龐。

但這只是一具空殼……

在座的都是空殼，他們是生化人的軀殼！

意識到這點，夜鷹縮回了手，但桌上冒著香氣的茶和蛋糕任他怎麼看，都不像用塑膠黏土做的。這麼一桌精緻甜點擺在森林裡，卻沒有一個人去吃它，實在太可惜了。

於是，他為自己倒了一杯茶，用手指捏起蛋糕上的草莓，放進嘴裡，天然水果特有的酸味充斥著口腔，酸味挺過去之後就是甜味，越吃越順口。

他又吃了幾片水果、餅乾，忽然聽到身後有人靠近。

他抄起一把叉子，那速度之快、手勢之流暢，彷彿他手裡拿著的是一把短刀。

來者是一位穿著三件式西裝的男人。男人金髮藍眼，鬢角有一點自然捲，臉上掛著輕鬆愜意的微笑，雙手都戴著黑色的皮手套。和一般穿西裝的男人不同，他脖子上繫的不是領帶，而是領巾，這又為他的紳士氣質增添了雅痞的風格。

男人邊走邊拍手，左邊腋下夾著一根手杖，「恭喜！」

夜鷹放下叉子，他不明白，自己為什麼會對戰鬥的動作那麼熟悉？

這不應該啊，他只是個普通人……

不對，他是ＨＵＣ的軍人，維和部隊第八團的狙擊手，代號夜鷹。

在那一瞬間，夜鷹想起了自己的身分，但腦袋裡好像還有一些模模糊糊的東西，記不清楚。

「你真是天選之人，這麼快就醒了。」

「你是誰？」夜鷹下意識保持警戒。

「我是誰呢……嗯……」男人裝模作樣地摸著下巴，想了一下，「我是你創造的，應該是你想叫我什麼就是什麼吧？」

「啊？」夜鷹聽不懂這個人在說什麼，但他注意到男人拿著的裝飾用手杖，頂端雕刻著一隻黑色的渡鴉，「渡鴉……Raven……雷文？你是雷文？」

夜鷹記得自己聽過這個名字，也看過這個人的畫像，但畫像中的男人氣質文靜許多，一張板起的臉頗有霸道總裁的感覺。如今眼前這個男人比較像穿著優雅的貴公子，有一點玩世不恭的調調。

「你是雷文嗎？」為了確保，夜鷹又問了一次。

「嗯……」男人思考了一下，還是有點裝模作樣，「你要這樣叫我也是可以啦……好吧，就當我是雷文。反正我叫什麼都不影響，重要的是你，上天揀選的少年啊～不，你已經不是少年了，不過沒差啦。」

「……」夜鷹盡量不讓自己的眼神顯得太鄙視。

「我們之前找了很多人類少年，但他們都撐不過改造，小孩子的身體跟大人還是有差，我們也找過大人，但他們的大腦很快就報銷了。」

夜鷹還是不懂聽這個人在說什麼，但那種自說自話的個性他不敢恭維，「這裡是哪裡？我要怎麼離開這裡？」

「你確定你這麼快就要走了？」

「不然我還有留下來的理由嗎？」

「當然有。」

這男人……姑且先稱他雷文。

雷文繞著長桌走，也替自己倒了一杯茶，「你確定你還有『回去』的身體嗎？」

「什麼？」

「你還有之前的記憶嗎？」

夜鷹的腦中閃過幾個畫面——在病床前握著他的手的少年，圓圓的紫色眸子裡盈滿了淚水；他不斷開槍，每一顆子彈都射進怪物體內了，但仍寡不敵眾，小型怪物爬滿他全身……然後呢？

他彷彿能聽見自己撕心裂肺的吼叫。

夜鷹腦中的畫面都是片段，他知道自己的記憶有缺失，某些印象很模糊，但他仍說：「我當然記得！」

「全部嗎？」

「……全部。」他睜眼說瞎話，但從對方的表情來看，雷文沒有懷疑他。

「那太好了，你真是天選之人啊！」

雷文放下茶杯，像看到偶像似的衝過來跟夜鷹握手，兩隻手都握住。

夜鷹忍著不把手抽出來的慾望，「你一直說天選之人，那到底是什麼意思？」

「我們一直在尋找能領導我們的人類。」

夜鷹敏銳地抓到了關鍵字，「『你們』是誰？」

「我們是這個世界的新生命，新一代的物種。」雷文在說話的時候，夜鷹注意到他的眼神微微一沈，但那陰霾很快就消失了，當雷文抬起眸子，又是很有精神的表情，「你知道生物最基礎的本能是什麼嗎？我敢打賭你一定知道，因為你就是這樣活過來的——沒錯，就是生存。」

當雷文說自己是「新物種」的時候，夜鷹不禁想，他指的是ＡＩ嗎？

雷文和伊韓亞一樣都是吸血鬼王的養子，他們都是ＡＩ，如果伊韓亞可以到現實世界當大魔王，那雷文一定也有能影響現實世界的本領。從這個角度來說，ＡＩ會自稱是「新物種」，甚至是超越人類的物種也不奇怪。

但是，如果ＡＩ自詡為新物種，他們為什麼會需要人類的領導？他們難道不想要擺脫人類的限制嗎？畢竟人類可是一直都對ＡＩ心存恐懼，生怕他們有一天會反叛。

「我們想要在這個世界上生存，光擴展群體數量是不夠的，生物多樣性才是能確保物種存活的關鍵，我們發現人類有一種能力是我們沒有的……你要猜猜看嗎？」

「不。」夜鷹果斷拒絕。

雷文無奈聳肩，「你的幽默感到哪裡去了？只用在喜歡的人面前嗎？」

「我知道這裡不是現實世界，你也不是真人，我不知道你是怎麼把我困在這裡的，但我想要出去！你必須告訴我離開這裡的方法，不然我們就不用談了，你可以殺了我……或是讓我殺了你。」

面對一個油嘴滑舌的男人，夜鷹所做的策略就是不要跟隨對方起舞。

雷文笑了笑，對夜鷹的態度毫不在意，「你想要出去？你確定？」

夜鷹的腦海中浮現出記憶片段——他的身體被啃咬、全身都痛得不得了，像囓齒類動物的小型怪物爬滿他全身，把他拖進黑暗深淵……然後呢？

他仍記得自己撕心裂肺的怒吼。

「我確定。」夜鷹道。

他有想不起來的過去，但他很確定自己有想見的人、想完成的任務，所以，絕對不可以被困在這裡。

「唉，好吧，你想要離開這塊領域（domain），就帶三顆金蘋果給我。」。

夜鷹注意到對方說的不是「世界」。雷文說的不是離開這個世界，而是離開這塊領域，再結合雷文先前的話，夜鷹總覺得雷文的用詞怪怪的。

「金蘋果嗎？」夜鷹知道自己只能答應，除非他跟ＡＩ能有討價還價的空間，「這是什麼樣的遊戲？」

「你要說遊戲也可以啦，人生也是遊戲，你要不斷練技能，讓自己升職轉職，你會遇到很多事件，每個選擇都會帶來不同效果。」雷文不知道從哪裡變出一顆紅蘋果，咬了一口，「哪一款遊戲能比人生更刺激呢？」

「我要從哪裡開始找金蘋果？森林？」夜鷹只想快點開始解任務。

「我知道有一個你很想去的地方。」

雷文將蘋果核隨手一扔，從他雙眼看過去的方向，月季花叢分開至左右兩旁，並結出一座圓形拱門。

夜鷹知道自己該走進拱門，遊戲的倒數計時才會開始。但他兩手都沒有武器，身上穿著破舊的上衣和牛仔褲，讓他略感不安。

「你想拿什麼就拿。」

雷文比向長桌，但上面只有刀叉一類的，根本算不上武器。夜鷹最後什麼都沒拿，他穿過拱門，發現自己被瞬間移動到另一張地圖。

眼前的大樓景象讓他怔住了，因為那是他以前住過的社區。

託父親的福，他從小家境不錯。雖然住的不算豪宅，但也是趨近於豪宅價位的社區。良好的室外景觀和寬敞的室內坪數就不必說了，裝潢百萬起跳，樓下有保全一天二十四小時輪班，訪客需要登記。但這樣子的房子在世界毀滅後一樣淪為廢墟，唯獨那堅硬的鋼骨結構，至今都還沒倒。

夜鷹眼前的社區大樓外觀都完好無缺，沒有世界毀滅後的傾圮之貌，但從堆積在鐵門和圍牆上的障礙物夜鷹還記得，那是世界剛毀滅頭幾天的景象。

「我要從哪裡開始……」夜鷹喃喃自語。

「我建議從你最難忘的地點開始找。」

夜鷹轉頭一看，雷文居然跟來了。

雷文以手杖撐地，雙眼同樣望向社區大樓，但他的表情就沒有夜鷹那麼感慨，像是來觀光的。

他注意到夜鷹在看他，「幹嘛？」

「你要全程跟著我嗎？」夜鷹皺著眉問。

雷文聳肩，不置可否。

「你是輔助ＮＰＣ嗎？」像綠水那樣？

「唉，你要這麼說也是可以啦。」

雷文一副很無奈的樣子，卻從未反駁夜鷹的推論，那讓夜鷹越來越懷疑雷文的真實身分。

「我們該走了吧？」雷文拿起手杖，往前一指，「不是你說想快點離開的嗎？」

「你要帶路？」

「我跟著你走。」

夜鷹走向社區的鐵門，並駕輕就熟地爬過障礙物。

社區內像死後世界一樣荒涼，雜草叢生，地上覆蓋著厚厚的灰，夜鷹不記得以前有這種像火山灰的東西。他看到一樓大廳有一盆枯萎的花，以前的管委會總會定期更換鮮花，在世界毀滅後，管委會那群熱心的阿伯、大嬸則擔起了分配物資的工作，和平維持了一段時間，但隨著物資持續減少、救援看不到希望，住戶逐漸緊閉門窗。

穿過一樓大廳，夜鷹走向以前住的門牌號。電梯沒電，他只能推開逃生門，走樓梯。

他以前住在十八樓，所以要爬十八層。

夜鷹毫無怨言，默默地爬。雷文也一樣，一路上兩人都很安靜，那讓夜鷹不禁想到如果此刻跟在他身邊的是旺柴，一定會累到唉唉叫。

想到旺柴，他的嘴角就不禁流露出笑意。

「想到誰了？」雷文突然開口。

夜鷹在樓層與樓層之間停下腳步，雷文的存在突然令他不寒而慄，因為雷文能精準地問出

「想到誰」，而不是想到什麼事或想到什麼東西，表示雷文知道他腦袋裡想到的是一個人，才會用「誰」，那雷文怎麼會知道他在想什麼呢？

要出發之前，夜鷹還能認為是場合使然，畢竟開始解任務前，帶好裝備本來就是很基本的，所以雷文會說「想拿什麼就拿」，但現在他們在爬樓梯，兩人毫無交談，也沒有道具或事件能觸發這段對話，雷文怎麼會問得這麼剛好？

「你知道我在想什麼？」夜鷹不繞圈子了，直接問出心中的疑問。

雷文攤了攤手，表示自己也不做隱藏，「我只能讀取淺層意識，像是你的表情、眼神以及你會露出那種表情背後的原因，但我沒辦法讀取深層意識，像是過去的記憶，以及那些記憶怎麼促成現在的你。你把它藏得很好。」

「……」夜鷹皺眉。

「要比喻的話，就像……你把它鎖在一個祕密箱子裡了，只有你知道要怎麼打開。」

夜鷹以為自己的理解力很好，但這個人說的話他有一半都聽不懂，「我為什麼要把自己的記憶鎖起來？」

「出於安全考量吧，我猜。」

「什麼？」夜鷹覺得更莫名其妙了。

他的腦中閃過零碎的記憶片段，又是小型怪物爬滿他全身，他被拖進黑暗深淵，但那底下是怪物的巢穴。牠們撕咬他的身體，他痛得大叫，但沒有人會聽到他的聲音，也不會有人過來救他。

所以他，死了嗎？

夜鷹不敢再想下去。

兩人來到夜鷹以前住的家，夜鷹敲打著門板，但就如他自己預期的，不會有回應。

他輸入密碼，門開了。

走進室內，一切都跟以前一模一樣。玄關的燈、家裡的氣味、地毯上的貓毛、客廳裡那總是忘記拿去洗的杯子……

「沒人在呢。」雷文像個觀光客，到處看來看去，「我還以為房子裡會有誰在，因為對你來說重要的人、想見的人……總是會有一兩個的吧？」

「他們都不在了。」夜鷹的聲音沙啞，像把感情隔絕到了外太空。

忽然，一個金色的小光點飄過兩人面前。

小光點沿著地板飄到放在地上的兩個飼料碗，碗都是陶瓷做的，用一個連起來的碗架裝著，碗裡都是空的。

「你有養寵物？」雷文問。

「以前，我妹妹養的。」夜鷹蹲在碗架前面，「她撿到一隻流浪貓，說服我爸媽後就養了。」

他本想拿起碗，但碗裡面都已經空了很久，現在拿起來一點意義也沒有。

「我也會照顧那隻貓，幫牠清貓砂、買零食。我妹妹說希望有一隻寵物陪她，我爸就答應了。其實，我很羨慕她。」夜鷹臉上充滿著惋惜，「我也想要有誰來陪我，但我不敢說。」

「你羨慕你妹妹……」雷文也蹲下來，蹲在夜鷹身旁，「但好像不只如此？」

「你真的有讀心術。」

「僅限於你。」

「是嗎？」夜鷹笑了一下，「那你可以讀出我在想什麼嗎？」

「你對『牠』感到愧疚。」雷文指向飼料碗。

那小光點飄來飄去，不一會兒就消失了。

夜鷹臉上立刻失去笑容，「世界毀滅後，我爸媽沒有回來，我跟妹妹躲在家裡，躲了三個月才等到ＨＵＣ開戰車過來，把街上的怪物全部轟掉。」

「我？不是『我們』？」雷文也很會抓關鍵字。

「我妹妹沒有撐到救援部隊來。」

「為什麼？」

「你是真心想知道，還是只是想滿足你個人的好奇心？你可能要表達得清楚一點，不然我分不出來。」夜鷹起身，雷文也起身。

「我是真心的，但是……」雷文沒有說下去。

夜鷹也不強求，他慢慢走向廚房，「如果這個場景是用我的記憶打造出來的，百分之百符合的話……」他打開洗碗槽下方的櫥櫃門，「我記得這裡有菜刀。」

他拿出菜刀，刀光閃亮。

「你想攻擊我？」雷文說得好像那是一件不可能達成的事，夜鷹卻蠢到要去嘗試，「如果那是你希望的……我建議你用更有效率的方式。」

「什麼是更有效率的方式？」

「像是，彈手指？」

「……」

夜鷹覺得對方有說等於沒說，他根本聽不懂，但手上有武器讓他心裡踏實多了。他不準備在這時候跟雷文開戰，畢竟這個「世界」還有很多需要探索的地方。

忽然，金色的小光點飄到他面前，吸引了他的注意力。

他沿著光點飄移的方向看過去，光點在地板上轉圈，彷彿要他跟著走。夜鷹慢慢跟過去，推開一扇房門。

小光點飄到床上，又飄到床旁邊的圓形貓窩。

「……這是我妹妹的房間。」夜鷹道，這是說給雷文聽的。

雷文就站在夜鷹身旁。

「我妹妹的貓叫做雷咪，因為牠剛來我們家的時候很愛喵喵叫，叫的聲音又很大聲，像打雷一樣。」夜鷹看著在房間裡徘徊的小光點，神情變得極度壓抑。

他想起了什麼，但他不想承認……

「每天晚上，雷咪會到我妹妹房間跟她一起睡。我妹妹很愛那隻貓，但她跟朋友出去的時候，雷咪就會來找我。我也很喜歡跟牠在一起，所以我房間也有一個專屬於牠睡覺的窩。」

夜鷹走出妹妹房間，打開旁邊的一扇門，就是他的房間。那小光點也在他打開門時飄進去，飄到專屬的絨毛貓窩裡。

「世界毀滅後，我叫妹妹把雷咪放出去，但她不肯聽……」

夜鷹深吸了一口氣，神情像凍結在雪地裡。他把菜刀擱在一進門的書桌上，好像那東西對他來說再也無關緊要。

他的神情、行為都讓雷文感到訝異，因為這男人不久之前還認為手上有武器比什麼都重要，而如今因為回憶，他都可以放下。

他讓自己變得手無寸鐵，變得軟弱。

「你之前問我，什麼是生物的本能？是生存，那要怎麼樣才能活下來呢？」夜鷹一邊問，一邊望向雷文。

雷文如他所想的，給不出答案。

「世界毀滅後，我跟妹妹靠家裡原有的食物和鄰居的接濟撐過了一段時間，但貓飼料和貓罐頭都吃完了。妹妹叫我去附近的超市弄一點回來，但我不敢出門，街上都是怪物，有的還會飛，我都不敢打開窗戶。」

夜鷹蹲在貓窩前，伸手接住停在他掌心的小光點。

「沒有東西吃，貓的個性很快就變了，牠大聲嚎叫、攻擊我妹妹，我叫妹妹把牠趕出去，我們都快自顧不暇了，哪有心情養寵物？但我妹妹不肯……」

夜鷹的手不敢動，因為他怕自己一個無心的動作會讓小光點飛走或消失。

「牠是一隻很可愛的貓，很聰明，叫牠的名字牠都會回應，跟牠說話好像都聽得懂，但那段時間我都快認不出牠了。」

就像住在都市的許多人一樣，他們也把寵物當作家人，但在情況危急時，寵物終究不是人。

「我看過很多……」夜鷹不想再說下去，因為在那種時候做出艱難決定或殘忍決定的不只他一個人，「我不知道大家是怎麼想的，但我覺得解脫了，我又為我有這樣的想法感到自責。牠是我的家人，我怎麼能放棄家人？」

「當時，發生什麼事了？」雷文輕聲地問。

好像他必須開口、透過問題來引導，夜鷹才有辦法說下去。

好像他存在於此刻的目的，就是讓夜鷹有一個訴說的對象。

夜鷹察覺到了雷文的異常之處，因為假如雷文是吸血鬼王的養子，跟伊韓亞是一夥的，他怎麼會這麼好心呢？但即便察覺了，夜鷹還是太渴望有一個人來傾聽了，於是他無視雷文的異常，接著說下去。

「有一天晚上，牠把我們的儲糧弄亂，可能是太餓了想要找東西吃，但被馴養的家貓除了飼料和罐頭，哪知道什麼能吃、什麼不能吃？牠咬破包裝，把巧克力和塑膠都吃下去了……」

夜鷹跪在貓窩前，把掌中的小光點放在貓窩的枕頭上。

「我看著牠不斷乾嘔，但我沒辦法把塑膠挖出來，牠也吐不出來……牠撐了一個晚上還活著，但變得很虛弱。牠一直喵喵叫……我聽到牠的聲音，心都要碎了。」

雷文也跟著跪在夜鷹身邊，「後來呢？」

「如果是平常，趕快給獸醫看就好了，但那種時候我要去哪裡找獸醫？所以，我在清晨做了一個決定。」

夜鷹木然地看著貓窩……

「我抱著牠，拿了一把菜刀……我把牠埋在社區的中庭花園，因為只有那裡有土。」

「你很自責。」一改先前的玩世不恭，雷文語氣低沈。

「沒錯，」夜鷹承認，「因為我一直在想，如果我可以多做一點就好了。」

這是深埋在他心中的遺憾，他從未向任何人說過，但如今說出來後，他發現自己竟感到意想不到的輕鬆。

寵物的壽命本來就比人類短，人類無論如何都必須送牠一程，而面對無論如何都會到來的那一天，不管怎麼做，唯有一個結局不會變——那就是人類必須向前走，過好自己的生活。

「對不起……」他望著貓窩，低聲呢喃。

小光點飛到他的指尖，順著他的手指弧度變出了貓咪的下巴、小腦袋。

呼嚕~呼嚕~

變出了一整隻貓的樣子，牠伸伸懶腰，舔舔自己虎斑毛色的手。

夜鷹的眼神變得溫柔，寵暱地摸著貓咪的頭頂，並順著臉頰，摸到掛在貓脖子上的項圈，項圈上的墜飾就是一顆金蘋果。

夜鷹摘下項圈，丟給雷文，他的神情也恢復了先前的戒備。

「我們沒有給雷咪戴項圈，牠是家貓，沒有出門，就不會走失。」

「崇尚自然，對吧？貓生下來本來就是沒有項圈的。」雷文看著手上的金蘋果，微笑，「你找到一個了，恭喜。」

雷文用手杖一指，在他正對面的牆壁突然炸開，外面颳起旋風，牆壁的碎塊堆疊成拱門的形狀。

「要走了？我過關了？」夜鷹問得很不確定。

雷文聳肩，「你想待多久就待多久。」

「不，我該走了……」

夜鷹摸著貓咪的頭，最後他趴下來，抱住貓咪毛蓬蓬的身體。那氣味、呼嚕聲，以及軟軟又溫暖的觸感，都融進了他的記憶裡。

「對不起，我做得不夠多，謝謝你做我們家的貓咪。再見，你已經到了一個更好的世界，再也不會有病痛、再也不會挨餓了。」

他鬆開手，虎斑貓舔了他的臉頰一口之後化作點點金光，消失在他的雙手中。

夜鷹站起來，頭也不回地走進拱門。

穿越到第二張地圖，因為有先前的經驗，夜鷹自然地認為遊戲內容會跟他的過去有關。果不其然，他穿著一身軍服，揹著自己的狙擊步槍，天空變成了晚上。

雷文跟在他身旁。

「我知道這關要怎麼打。」

夜鷹說完，拔槍上膛，看到有人在野外紮營，他直接用狙擊步槍的瞄準鏡，遠距離開槍。

「……」雷文傻眼。

夜鷹端著槍快步往前走，兩人來到營火前，雷文才看清楚被打死的人是一位士兵，旁邊放著通訊用的電腦。

「這到底是……」雷文滿臉問號，夜鷹卻很鎮定。

「如果這幾個關卡都是從我的記憶中取出來的，那這也是我人生中一場很重要的回憶。」

不遠處傳來女人的尖叫，接著就像被什麼壓住似的，叫聲硬是被截斷，但夜鷹不慌不忙，帥氣地給槍上膛。

他快步走向一間廢棄的老舊房子，從沒有玻璃的窗戶看到裡面有兩個年輕軍官的背影，隨後是「砰、砰」兩聲，兩發子彈，射進兩個人的腦袋。

夜鷹又走回營地，對雷文道：「可以把時間快轉嗎？啊，糟糕，我打死要報案的人，他沒辦法跟基地聯絡了。」

「什麼？」雷文一臉莫名其妙。

夜鷹有種戲弄到NPC的快感，他打開通訊電腦的語音，但沒有開螢幕，「這裡是黑色小隊的通訊兵要求支援，第八團狙擊手夜鷹叛變，他殺了兩位長官，重複！他殺了兩位長官……請你們快過來！」

「你在做什麼？」雷文不懂這是什麼操作。

「我不知道你的目的是什麼，但我推測，你應該是想抽取我的記憶，找出我心中最軟的一塊。你想用我的過去來打擊我，讓我沈浸在悲傷或悔恨裡，把我變得不堪一擊。」

「我為什麼要做那種事？」

「雷文，這一關你錯了。因為不管重來多少次，我都會把子彈打進那些人的腦袋，一人一發，不多不少。」

「……」雷文還是一臉目瞪口呆，「啊？」

雷文的反應讓夜鷹懷疑，難道自己的推論錯了？但是，如果雷文的目的不是透過過去來打擊他，那重現過去場景的意義是什麼？

直昇機的聲音由遠而近，士兵透過垂降的方式落地，立刻抄起槍包圍夜鷹。左邊有四個，右邊有三個，後面還有更多人從小型運輸飛機上下來。

只見夜鷹勾起了嘴角，子彈接連發射。

砰！砰！砰！接連有人倒地。

那些人朝夜鷹開槍，子彈橫飛，但都打不到有主角光環的他。

夜鷹解決掉一波攻勢，就如他所說，一個人只用一顆子彈，有沒打到的，他就撿起倒地士兵的配槍，用別人的子彈就不算他的了。

運輸機飛過頭頂，但夜鷹不打算放過任何一個人。他撿起RPG火箭筒，發射。

被打中的飛機冒黑煙墜毀，揚起巨大塵土與火花，燒毀了一整片樹林。樹枝的影子、火光和空氣中的硝煙味，襯著夜鷹臉上若有似無的笑意，彷彿在地上反射出惡魔的犄角與尾巴。

夜鷹轉過身來，帥氣地丟掉火箭筒。

雷文完全傻眼。

「你不是雷文，對吧？」

夜鷹直接道出心中的疑問，因為在這一刻，他相信彼此都沒什麼好隱瞞的。

「你可以讀取我的記憶，那你知道我是怎麼對待他們的嗎？」夜鷹以眼神一指，滿地的屍骸，他的嘴角卻在笑。

「你什麼都沒做……」

「對，我什麼都沒做，我早該把這些人全部殺光的，全部！」

這些人把他押回基地，奪走了他的槍，在他手裡塞進一隻筆，要他簽下認罪聲明。

他有罪，他的確是殺了人，但判他死刑並不代表正義得以伸張。

「我還是有感覺的……」夜鷹右手拿槍，左手握起拳頭，壓在自己的胸口，「這些年來我為他們賣的命，我殺掉的怪物、我拯救過的人，在這一天統統都不見了！」

自己這些年來累積的功勞原來統統都不算數，自己所相信的人與事物，原來都可以隨時背叛他。

「我不可能當作沒這回事！」

他已經厭倦當一個好人了，但說著這番話的夜鷹，臉上的憤怒卻逐漸被悲傷取代。

看著滿地瘡痍，他不知道現實世界的自己是否有同等的威力，但他是不可能會這麼做的，因為在悲傷過後，他嚐到是沒有盡頭的空虛。

「我死了嗎？」

雷文皺眉，「你為什麼會這樣認為？」

「不然，我不知道我為什麼會被困在這裡。」夜鷹低頭，忽然在一個倒地的士兵身上看到金光一閃。士兵胸前的徽章，正好是金蘋果的圖案。

夜鷹摘下徽章，丟給雷文，「下一關你準備了什麼來折磨我？」

「我沒有要折磨你。」雷文看著手上的金蘋果，臉上比夜鷹還要疑惑，「你好像把我當成了敵人。」

「那你為什麼準備了這個遊戲？」

「我沒有，是你。」

「……」又是他聽不懂的話。

「夜鷹，你創造了我，你創造了這個遊戲、這些玩法。」

「那目的呢？我的目的是什麼？」

如果眼前這個雷文那麼懂自己的話，他一定可以說出動機理由吧？

「保護你自己的意識不受侵蝕。」

「什麼……？」

夜鷹的腦袋快速運轉，他還是理不清頭緒，但他快要從雷文的話裡抓出蛛絲馬跡了。

雷文說過他把自己的記憶鎖起來，是為了安全考量，這個世界是為了保護他自己的意識不受侵蝕，加上他沒死的這項條件，得出一個結論——

「我的身體怎麼了？」

浸泡在培養液的男人軀體，手指動了一下。

銀色絲線從脊椎連進大腦，進而穿透他的手臂、他的全身，把整個人像繭一樣包起來。氣泡從他的嘴角往上漂，他張開一雙茫然的金色眼眸，像死了一樣。

「我的身體怎麼了？」夜鷹端起槍，這次他不惜一戰，「你不是雷文，也不是ＡＩ，你到底是**什麼**？」

雷文望向燃燒的飛機殘骸，想了一下，又望向夜鷹，以十分平靜的口氣道：「我遵照您的指令，蟲王，您稱我為什麼，我就是什麼。」

夜鷹不得不降下槍口，「……你剛剛叫我什麼？」

「蟲王。」

「哈……」

夜鷹越聽越荒謬，那是類似「威震八方」、「至尊榮耀」之類的稱號嗎？

「下一關是什麼？」夜鷹問。

「我讀到很多場景，您想要哪一個？」

雷文像展開撲克牌一樣把一系列的「拱門」都散到空中，隨著他的手指滑動，不同造型的拱門就停在夜鷹面前。

夜鷹被搞糊塗了，「我還可以選關卡？」

「我建議您選一個您最想去的地方。」

「……」夜鷹的腦袋裡浮現出猩紅之地的城堡，黑石砌成的拱門就出現在他面前。

「啊，那裡有您想見的人，是吧？」

聽到雷文的說法，夜鷹下意識感到不悅，「不要以為你很了解我。」

雷文笑而不語，卻做了個「請」的手勢。

夜鷹扛著狙擊步槍，走進拱門裡，傳送到第三張地圖。

第五章

玫瑰和紫丁香的床上

夜鷹還記得自己來到猩紅之地，在旺柴還沒開始打吸血鬼王之前，他潛入城堡，發現了一個瀰漫著玫瑰和紫丁香香味的房間。

他躲在窗簾後面，看到一名穿著暗紅色長袍的青年站在金色的鏡子前。鏡子中映出青年的臉，就像一隻被主人拋棄的寵物，看起來好可憐。當時，他還不知道那名青年就是伊韓亞。

第三張地圖就是那個房間，夜鷹一走進拱門就聞到玫瑰和紫丁香的香味。伊韓亞躺在大床上，似乎正在熟睡，夜鷹都已經來到床邊了，他卻沒有發現。

夜鷹瞄了瞄四周，雷文沒有跟過來，房間裡就只有他與伊韓亞兩人。他沒有看過伊韓亞睡著的樣子，但想想也是，他跟伊韓亞一見面就開打，怎麼有機會看到對方睡覺的樣子？

伊韓亞側躺在床上，夜鷹猶豫許久，終於伸出手。

他以指背輕輕碰到伊韓亞的臉頰，伊韓亞長長的睫毛顫了一下，卻沒有睜開眼睛，那讓他膽子大了起來。

他的手指沿著臉頰，摸到性感的下頷線條。

這麼一個簡單的動作，只需頃刻間就能完成，但他卻想了好久。

忽然，伊韓亞睜開眼睛，抽起床頭的長劍，直接劈向他！

夜鷹連忙後退，不小心跌坐在地上，伊韓亞瞬間跳下床，動作流暢到完全沒有被長袍絆到。

他又朝夜鷹劈砍，夜鷹拿出背後的狙擊步槍，用槍身的特殊金屬擋下攻擊。

金屬擋下金屬，發出尖銳的撞擊聲，夜鷹也得以近距離看到伊韓亞的臉，還是那麼猙獰。

伊韓亞突然一個轉身，抬腿掃向夜鷹。夜鷹為了躲避而往後退，伊韓亞則趁機把長劍抽走，又來一個華麗轉身，兩人像分手似的拉出一段安全距離。

「你為什麼會在這裡？」伊韓亞的嗓音低啞，像剛睡過午覺般慵懶。

夜鷹只覺得好笑，「哈哈……你那是裙子還是裡面有穿褲子？」

伊韓亞瞪了對方一眼，表情卻有些困惑。

「你從哪裡弄來那把劍的？你好像比較喜歡冷兵器，是因為你的背景設定是中世紀奇幻嗎？」

伊韓亞瞥了自己手上的長劍一眼，「這是主人留下來的。」

一把銀光閃閃的長劍，刃身刻著符文蚯蚓字，遠看就像鑲著黑色的花紋，花紋一路延伸到劍柄。劍柄由於比較長，能夠兩隻手握住。這一件「漂亮」的武器如果是在世界毀滅之前，夜鷹會覺得它像藝術品。

「我有一個提議，你直接把金蘋果交給我，我們還可以玩一些有趣的。」

夜鷹笑著說，但他的笑容卻一反常態，眼神彷彿在看一盤可口的甜點。

「你在說什麼？」伊韓亞蹙眉。

「我們在這裡打有什麼意義呢？這又不是真的。」

「什麼不是真的？」伊韓亞神情戒備。

「我沒心情搞這些，我想要結束遊戲了。」

「你是怎麼闖進我的領域（domain）的？」伊韓亞看起來越來越火大。

夜鷹嘆了一口氣，有點不耐煩，他抬頭對空氣說：「雷文，我要停止遊戲！我要這位伊韓亞放下武器，不要每次看到我就凶神惡煞的！也許我們可以坐下來、喝杯茶，他可以叫我主人，餵我吃一口蛋糕。」

「……你瘋了嗎？」伊韓亞的眼神像在看一個變態。

「雷文？」夜鷹正覺得奇怪，小精靈怎麼不見了？

「雷文？」伊韓亞也覺得很奇怪。

「喔，因為他是我的輔助ＮＰＣ，就像綠水……我為什麼要跟你解釋這些？你也不過是遊戲的一部分，是從我的記憶裡抽取出來的，那我要把你『想』成什麼樣子都可以吧？」

夜鷹一時心血來潮，打了個響指。

「……」伊韓亞還是穿著一身暗紅色的長袍，沒有變成兔子裝。

「是我的法力不夠嗎？」夜鷹又打了個響指。

「……」

伊韓亞還是沒有變化，不要說兔子裝了，夜鷹想要把他的長袍改短一點都不行。

「這一關難道是……我知道了，要我打倒伊韓亞？因為我上次沒有……可是不對，上次是靠旺柴才打敗伊韓亞，我體驗這段記憶有意義嗎？」夜鷹搞不清楚遊戲設計的原理了。

如果前兩個關卡都是要他經歷人生中難忘的記憶，藉以獲得心靈上的力量或慰藉，但打倒伊韓亞他會覺得很爽嗎？

他不敢說不會，但一定會很累。

伊韓亞是公認難打的大魔王，攻擊力高得不像話，還會開掛。夜鷹不想在這時候打伊韓亞，因為自己都困在虛擬世界了，他比較想用想像力做點其他的。

「伊韓亞，其實我們可以——」

夜鷹話沒說完，伊韓亞就單手高舉長劍，縱身一躍，朝夜鷹所在的位置落地揮砍，還好夜鷹躲開了。

伊韓亞連砍好幾下，夜鷹只能不斷後退。伊韓亞揮劍的樣子就像在跳舞，夜鷹還來不及好好欣賞，伊韓亞突然腳尖一點，整個人跳起來，用力朝夜鷹的肚子踢去。夜鷹往後飛，撞碎了一組古董桌椅。

「啊……」他不想爬起來了。

夜鷹整張臉皺成一團，因為即使是「假的」世界，也覺得好痛！

伊韓亞很快又要發起下一波攻勢。他擺好姿勢，準備衝過來，夜鷹隨手抓起一個靠墊，但如果這種軟軟的東西能擋下伊韓亞，他就是腦子進水了！不得已，夜鷹只好拿出揹著的狙擊步槍，瞄準伊韓亞的膝蓋，連開兩槍。

伊韓亞的膝蓋被打斷，整個人趴倒在地上，夜鷹趁機鬆了一口氣。

「天啊……你把金蘋果藏在哪裡，可不可以直接給我？我想回去喝茶了……」

夜鷹慢慢站起來，但他赫然發現伊韓亞也站起來了。

伊韓亞腳邊出現流動的黑色熔岩，像黏液一樣爬上伊韓亞的雙腿，替他修補了膝蓋，又把他整個人像提線木偶一樣從背後提起來。

「我就知道你他媽的難打！」夜鷹口不擇言，反正現場沒有未成年。

他連開數槍，但伊韓亞沒有再使用先被打到又快速修復自己的招數，他先用黑色熔岩變出如蛛網般的細長線條，用那些線條攔下子彈，他本人則像特技演員一樣高高跳起。

伊韓亞在空中上下顛倒地轉了一圈，小腿從長袍裡露出來。原來他穿的是有點鞋跟的小短靴，但夜鷹還來不及抬頭看，當他察覺到敵人在自己身後時已經太遲了，伊韓亞已經趁落地的時候順便給了夜鷹一腳。

夜鷹被踢到臉頰，他飛出去的時候，槍也從手中滑脫。

「啊……」他重重摔落地面。

他沒想到房間的地板竟然會這麼冷、這麼痛！

為什麼房間這麼豪華，卻沒有鋪地毯？要不是身體素質良好，他全身都要散了。

「夠了沒……有必要……這麼像真的嗎……」他不想努力了。

「你總是說我聽不懂的話。」伊韓亞持劍指著夜鷹，緩步走近，「旺柴沒有跟你一起來嗎？還有那個叛徒ＡＩ綠水，既然是ＡＩ就應該站在我這邊，效忠人類像什麼樣子！」

「誰說ＡＩ跟人類就一定是對立的……綠水……他是我們的伙伴……」夜鷹一邊喘氣，掙扎著爬起來，他心裡實在很不想再打下去，「我也希望旺柴在這裡，但現場只有你跟我了，呼……」

「你還沒跟他會合嗎？他一定很想要你的安慰吧？」

伊韓亞這一問，讓夜鷹起了疑心。

「哦？你還不知道啊……」

「知道什麼？」

只見伊韓亞露出了令人毛骨悚然的微笑，夜鷹也是在這時察覺到了違和感。

這幾個關卡都是從他的記憶抽取出來的，他的記憶中有伊韓亞，而且伊韓亞強到爆，所以雷文製造出來的伊韓亞也會很強，這是毋庸置疑的，但既然是記憶，就不應該有他不知道的內容。

在他的記憶裡，他與旺柴分開了，因為……

——因為什麼呢？

因為旺柴要去北方城市找一位超能力者來為他治療，所以「伊韓亞」會知道他與旺柴暫時分開是很合理的，這與他的記憶相符。然而，眼前這位伊韓亞的說法卻好像他見過旺柴似的。

伊韓亞舉起劍，表情就像剛吃進了蜜糖，甜得令人害怕，「他爸爸死了。」

「……」夜鷹徹底感到不對勁了。

姑且不論這情報是否為真，因為也有可能是伊韓亞在唬爛，但這是他記憶中沒有的事，在他的記憶裡，他一直都相信巴克萊雅博士還活著。

「你是……真的伊韓亞嗎？」話從自己的口中說出來，夜鷹卻頓時感到恐懼。

因為在虛擬的世界裡，他是不可能贏過ＡＩ的。

他想起伊韓亞殺進ＨＵＣ大門的時候，他被伊韓亞打得很慘，那時的痛、接下來的痛……他被抬上擔架，在半夢半醒之間進行手術，又被抬上擔架，丟到野外……

雖說整件事不全是伊韓亞害的，但恐懼已經起了連鎖效應，喚醒了夜鷹痛苦的回憶，也讓他肉體上的疼痛加倍，讓他沒有戰鬥意志能再站起來。

「不，這不是真的！」他跪在地上，扯著自己的頭髮，急促喘氣。

他想起自己被藍姊丟到野外……

「啊……啊……」

他想起自己被小型怪物爬滿全身，牠們把他的皮膚一片一片撕下來。

「啊啊……」

他被拖進怪物的巢穴，然後呢？

他看到畫面一閃而過──有一個被泡在培養液裡的男人，全身都被白色絲線纏繞著。

男人將臉埋在自己的臂彎裡，夜鷹看不到他的長相，但他已經沒有人類的皮膚了，他的手指跟怪物一樣，尖得能刺穿心臟。

「你不是真的……」

在夜鷹感到恐懼的那一刻，他也意識到或許克服恐懼就是這一關的任務。

「你不是真的！」

他對伊韓亞大吼，卻沒有阻止伊韓亞那雙長腿一步步走過來。

「我們每次見面，你都能大開我的眼界。」伊韓亞優雅地笑了，彷彿在炫耀即將到來的勝利多麼甜美，「我以為你是一隻齷齪的鼠輩，偷偷溜進我房間，卻沒想到你是一隻誤闖陷阱的小老鼠，我怎麼能輕易放你走呢？」

夜鷹急得四處張望，看到自己的槍就掉在不遠處，要站起來衝過去拿槍。就在他以為自己還能移動身體，自己一定克服了恐懼，只差幾公分的距離就能摸到槍時──

狙擊步槍突然變成線條方格，消失了。

他撲了個空。

夜鷹不明白為什麼會這樣，但伊韓亞的陰影覆蓋下來，他急忙閃過劍光。夜鷹翻了身又爬起來，但脖子突然被黑色的熔岩觸手纏住。

夜鷹瞪大眼珠，可是任憑他使出吃奶的力氣仍無法掙脫。熔岩觸手慢慢變冷變硬，就像變成黑色的金屬，幫他套上項圈。

「奇怪，你的數據跟上次比起來有點不一樣。」伊韓亞好整以暇地控制觸手，把夜鷹高高舉起。

夜鷹雙腳離地，一張臉被勒得脹紅。他瞪著伊韓亞，心中卻覺得這景象似曾相似。

「讓我來讀讀看……」伊韓亞控制黑色尖刺，從背後插進夜鷹的脖子。

「啊啊啊啊啊！」

黑色尖刺瞬間變成蚯蚓般的蠕蟲，鑽進夜鷹的皮膚，夜鷹的脖子、臉頰都出現青黑色的血管，他張大嘴巴，卻漸漸失去了聲音。

夜鷹的記憶畫面被抽出、放大，伊韓亞看著一個個的漂浮視窗，臉上卻怔住了。

畫面裡有一個赤裸的男人，身上都是血，卻爆發出紫紅色的極光。他背後被銀白色的絲線纏住，絲線鑽進他的大腦，但絲線的另一邊卻連接著……蟲巢。

一種名為巢穴的存在。那是伊韓亞還不了解的東西，但他相信自己很快就懂了，因為他是

ＡＩ，這世上沒有他不能運算的結果。

他隱約可以得知那跟很ＡＩ不一樣。如果說ＡＩ是人類創造的新物種，那那些怪物、蟲巢就是世界毀滅後出現的新物種，牠們只有一個目的，就是在「新世界」存活。

畫面裡的男人被丟進培養池裡，但他不斷反抗，他的力量爆發出來，殺死了很多怪物，牠們敬畏他、怕他，卻需要他。

銀白色的蟲絲被切斷了好幾次，但每次都又被連接上去，最後男人被塞進一個巨大的蛹形培養槽，蟲絲在他背後連接了一片，就像為他穿上銀白色的披風。男人的手腳變形，皮膚變成堅硬的藍紫色鱗片，他的臉埋藏在自己的手臂裡，整個人像胎兒一樣漂浮在培養液裡。

「夜鷹，你究竟變成了……什麼……」

伊韓亞看著記憶畫面，首次感受到了不屬於他的憤怒與悲傷，讓他不禁想摸一摸自己的臉頰……

就在伊韓亞鬆懈的那一刻，熔岩觸手被反噬了。

沒有伊韓亞的控制，它們卻纏住夜鷹的臉，進而像繭一樣把他整個人包起來。

熔岩變硬、冷卻，伊韓亞後退了幾步，握緊長劍。

黑色巨繭的底部裂開，一隻類人型態的怪物掉出來，他單膝跪地並以單手撐地，尖銳的指爪陷入地板裡，留下五條刻痕。

隨著他慢慢站起來，伊韓亞也看清楚了怪物的全貌。

他的身高超過兩公尺，骨骼和肌肉都異常發達，他能像人類一樣站立，但雙腿像獵豹一樣彎曲，身體覆蓋著黑藍色的鱗片，渾身都是刺，背後長出了宛如外骨骼的黑色翼爪。

他張開一雙恐怖的金色瞳孔，朝伊韓亞衝過來。

伊韓亞沒有與怪物戰鬥的經驗，缺乏經驗及技巧的他一時慌了。但他才一眨眼，怪物就已經衝到他面前，五根指爪險些劃破他的衣裳。如果不是有ＡＩ的運算能力，他差一點就要皮開肉綻了。

怪物馬上轉換攻擊模式，他一個轉身迴旋，長腿如砲彈踢中伊韓亞。伊韓亞整個人往後飛，飛過了大半個房間，撞碎一面巨大的金色鏡子，撞到了牆壁才停下來。

「呃啊……」伊韓亞狼狽地趴在地上。

怪物慢條斯理地走過來，他的姿態並不魯莽，反而像一隻高雅的羚羊。

地上都是金色碎片，他抓起伊韓亞的脖子，把人高高舉起。

碎片融化成液體，流回牆壁上，就在他要伸出五根利爪、刺穿伊韓亞胸口的時候，碎片變成完整的金色鏡子，使他看到了自己的容貌。

夜鷹怔住了，他鬆開手，伊韓亞像沙包一樣落地。

他看到自己的臉，但連他自己都快認不出自己了……

「蟲王！」

夜鷹猛然回頭，雷文從黑石砌成的拱門探出半個身子。

拱門裡冒出紫紅色的霧氣，看不到對面有什麼，但雷文另一半的身體就藏在霧氣裡，當他以那個名字來呼喚夜鷹的時候，也對夜鷹伸出了手。

夜鷹快速轉身，奔向拱門。伊韓亞也在這時候爬起來，手中握起銀色長劍，並把長劍當成長矛拋出去。

劍身閃爍著悽慘的白光，像一條銀蛇劃破空氣，就在劍尖快要刺中夜鷹的時候，他跳進拱門。

拱門瞬間如一陣狂風消失，銀劍也掉落在地板上。

穿過拱門，來到另一張地圖，夜鷹卻發現這裡仍舊是猩紅之地的城堡，那個有玫瑰和紫丁香香氣的房間。只是桌椅擺設都是戰鬥前的模樣，沒有一個地方被打爛，床上也空無一人。

「蟲王。」

聽到那聲呼喚，夜鷹轉身望向雷文，黑石拱門在雷文穿越後便消失了。

「我追蹤您的神經訊號，發現您在另一個領域（domain），但我不熟悉那個領域，因此花了一點時間才打開傳送門。」

「……」

至此，夜鷹都想起來了。他想起了「雷文」是誰，以及「金蘋果遊戲」的意義。

「我創造了幾個模擬關卡？」

雷文馬上回答：「五十七。」

「有伊韓亞出現的關卡總共有幾個？」

「零。」

「……」這才是他的記憶。

他去過猩紅之地的城堡，但他沒有在城堡裡與伊韓亞戰鬥過。

「你都想起來了？」

雷文臉上沒有嘻皮笑臉的表情，讓夜鷹有一點不習慣。

「我希望我可以忘掉，但記憶就像是刻在硬碟裡，它可以不被讀取，但永遠不會消失。」

夜鷹現在知道為什麼雷文不說「世界」，而是「領域」了，因為這裡只是以幾張地圖拼湊起來，談不上一個完整的世界。他走到陽台，稍加集中精神，就將外面的藍天白雲變成了夕陽西下。

「我現在知道，你為什麼會說遊戲是我創造的，你也是我創造的了。」

他創造這個遊戲，讓自己可以在遊戲裡，回溯自己過去的記憶，讓自己變得堅定、冷酷，因為只有這樣，他才能在怪物的巢穴裡活下去。

「我們要在這個世界上生存，就必須要有生物多樣性，人類的創造力能幫助我們擴展多樣性。我們改造你的身體，是為了讓你更適應環境。」

雷文臉上變得像機器一樣呆板，夜鷹反倒比他有表情多了。

「你們奪走我身上很重要的東西……」

雷文沒辦法理解夜鷹的話，「你是食物鏈的頂端，你不會死，你不會再被輻射影響。」

「你們把我變成怪物！」

「不。」雷文蹙眉，彷彿夜鷹說了讓他很傷心的話，「我們將你變成蟲王。」

「不管怎麼樣，你們與我，我們雙方已經陷入死胡同了。」

夜鷹一眨金眸，將夕陽背景換成星空，城堡內也自動點起蠟燭。

晚風吹拂著白色紗幔，配上燭光燈火搖曳，彷彿朦朧了身影，夜鷹以一介怪物的身軀站在這浪漫的場景裡，連他自己都覺得諷刺。

「你們握有我在現實世界的肉體，但我將自己意識鎖在遊戲裡，只要我不出去，你們就得不到完整的蟲王。」

「沒錯……」雷文垂下眼眸，顯得乖順。

「我問你，外面那些怪物，什麼巢穴、蟲群的……牠們真的想要我出去嗎？我可是殺了很多『你們』的同類。」

「牠們需要蟲王，我也是。」

「你沒有正面回答我的問題。」

「因為能給予我答案的，是你。」雷文走到夜鷹面前，直視著夜鷹的雙眼，「你已經是蟲王了，你會領導我們、統治我們，你就是一切問題的答案。」

夜鷹打了個響指，眼前這個雷文立刻換成了兔子裝，「啊，看起來好像是呢！」

雷文頭上長出兔耳朵，手上拿著懷錶，一臉傻眼。

「雷文。」

聽到蟲王的呼喚，兔男抬起頭。

「我會從這個領域出去，但我不會成為你們的奴隸！」

「您之前也說過。」

「如果我失敗了，我會再試一次，一次又一次！」

「……」雷文面無表情，或許那才是他最真實的樣子。

夜鷹雙手往後伸，十根指頭刺入自己的後頸。

現實世界的怪物巢穴裡，被浸泡在培養液裡的男人雙眼緊閉，但他的雙手也伸到自己脖子後面。

夜鷹撕開自己後頸的皮膚，抓出一團白色絲線。他雙手撕扯著絲線，用最大的力氣掙脫束縛，他想起自己所遭受的待遇，也想起了自己在現實世界還有重要的人在等他回去。

「啊啊啊啊——」

他想起了深埋在意識裡的憤怒與悲傷，如潘朵拉的盒子被打開了一樣，他感受到胸中爆發的能量。

紫紅色的極光爆開來，水花四濺，伴隨著一聲怒吼，銳利的指爪扯開了絲線。

一個赤裸的男人從池子裡爬出來，他不斷喘氣，身體冒著煙。他背後長出翅膀形狀的外骨骼，但那翅膀是飛不起來的，因為沒有羽毛或翼膜，只有一副空空的骨架。他的手指是怪物的利爪，上面覆蓋著黑藍色的鱗片，底下有紫紅色的血管，正隨他的呼吸而發出淡淡光芒。

他能控制自己的指甲長度，視野也變了，他發現自己變得異常高大，身體卻意想不到的輕盈。

他步出池子，馬上有一個東西向他靠近。

那東西身上覆蓋著大片的蝴蝶翅膀，卻有近似於人類的臉龐，他的皮膚是淺灰色的，眼睛像兩顆黑色彈珠。他看不出性別，因為他有長長的銀白色髮絲，卻跟蟲巢連接在一起。上半身有四隻手，下半身有兩條腿。

「雷文？」夜鷹試探地開口。

「蟲王。」蝴蝶對夜鷹欠身鞠躬，他頭上有兩片像葉子的觸鬚，一直在抖動。

「我不知道怪物之間還有禮儀。」

「我從人類身上學來的。」

「我還要叫你雷文嗎？」

「您叫我什麼就是什麼。」

「雷咪？」

「您想為我換一套貓咪裝嗎？」

「你的幽默感是從哪裡來的？」

「你。」

「……」很奇怪，自從回到現實世界後，夜鷹發現自己就笑不出來了，「在我之前，還有其他蟲王嗎？」

「當然，我們找過超能力者，但小孩子的身體太脆弱，一離開培養液就死了。」

聽到對方把死說得像例行公事，夜鷹意外發現，自己心裡竟然沒有任何感覺。

「我們也找過大人，像你一樣，身體素質良好，但大腦承受不住刺激。雖然很容易控制，但他們太容易屈服，當不了蟲王多久就精神崩潰了。」

「我之後也會精神崩潰嗎？」

「我不知道，但在你之前，沒有一位蟲王能創造出像我這樣的類人生物，我可以讀取蟲群的集體意志，也可以透過你了解人類的思維模式。」

「我真的創造了你？」

「蟲王最大的能力就是創造，你可以重塑我們的基因，讓我們進化。如果你懷疑你自己或是有任何一個群體質疑你，我就是你成為蟲王的證明。」

「我從來沒聽過這種超能力……」

「歷任的蟲王沒有人活著走出蟲巢。」

「嗯……」夜鷹看了看四周，思索著。

蟲巢不算一個舒適的環境，空氣潮濕黏膩，但它有一個很重要的功能，就是放置萬能的培養液。如果把培養液想成蜂王乳，那這裡就是培養女王蜂的地方。

作為女王蜂，夜鷹發現自己多了幾項技能。他可以感知巢穴的相對位置，意外地發現蟲巢就蓋在ＨＵＣ的外圍地帶，那邊從地面上看不到其他怪物，畢竟白天都有士兵巡邏，但地底下卻別有洞天。

他也知道巢穴內外有什麼種類的怪物，他身上沒有白色細絲與蟲巢相連，但仍可以透過遠方某一隻怪物的眼睛看到外面的景象。他的神經迴路已經與蟲群連接在一起了，這讓夜鷹震驚地說不出話。

「蟲王？」

「你知道我在想什麼，因為你跟我的神經迴路相連。那我想問你，雷，當你突然獲得了力量，你知道這股力量可以碾壓所有人的時候，面對那些曾經傷害你、聽不到你呼救聲的人，你會怎麼做？」

雷文在蟲王的心中另有所指，因此蟲王給了他一個新的名字。雷可以感知到蟲王的意念，能讀取到蟲王心中的答案，所以他只是照著那個答案回答——

「讓他們見識你的力量，不要手下留情！」

「我要組建一隻怪物軍團，牠們只能聽從我的命令，進攻人類的基地。」

「可是……」雷把蟲王的意念複述出來，但那並非他自己的想法，「我們從未以軍隊的形式和人類交戰，況且，我們已經獲得蟲王，無須大規模接觸人類，除非棲息地受到威脅，但現在沒有……」

「你要服從！」夜鷹伸出指爪，一陣紅光從指尖晃過，雷恭敬地低下頭。

「是的，蟲王。」

「把我的軍隊準備好。」

「是。」

「別擔心，我不會讓群體滅絕，因為這可能是我這輩子打過，最輕鬆的一仗。」

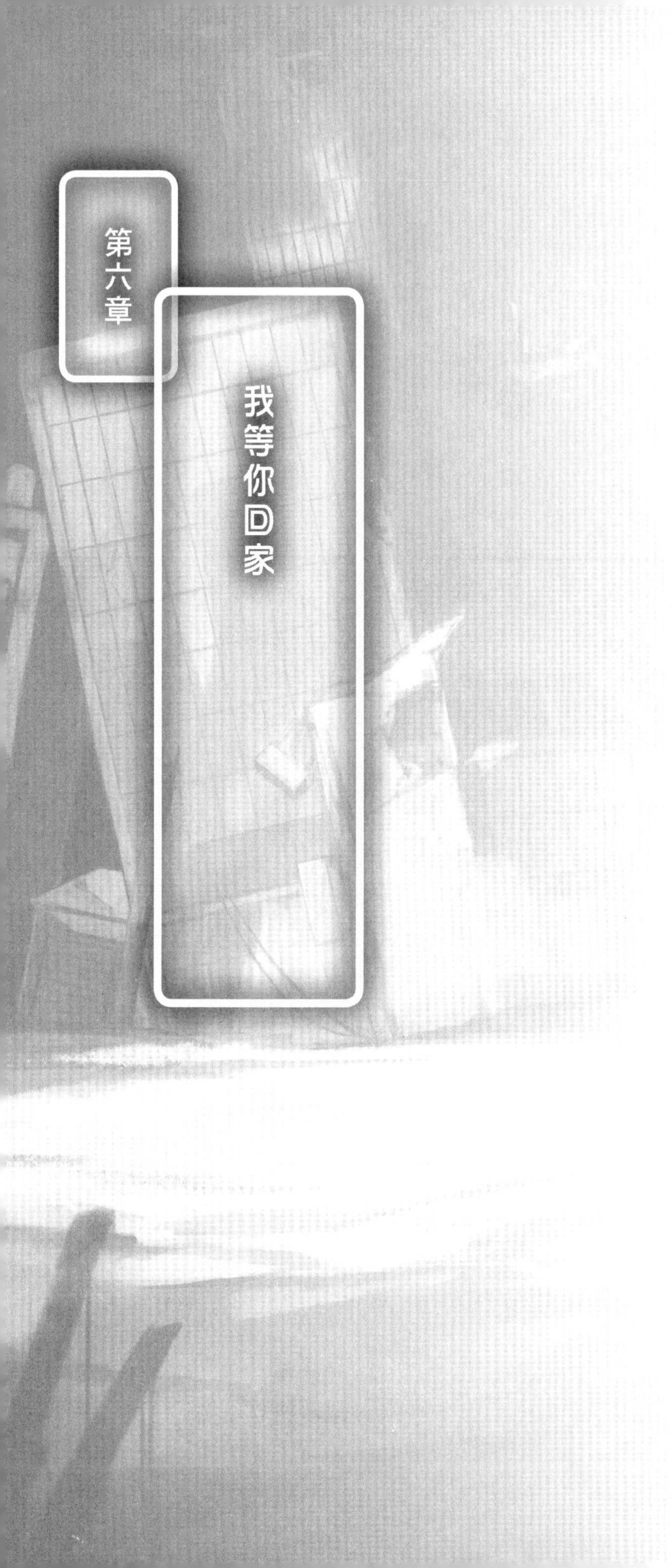

第六章

我等你回家

衝進紫紅色的雲牆後，車子顛簸了一陣子，但當車上的偵測系統恢復功能，旺柴等人也看到了車外的景象。

公路兩旁的荒原棲息著形形色色的各類怪物，牠們像無害的牛羊一樣躺著、趴著，愉快地翻滾。

雪豹都架好裝甲車上的大砲了，他本來從螢幕上看還不相信，直到打開車子的頂蓋探出頭看，才親眼見證了這不可思議的景象。

曾經入侵HUC的鋸齒獸、雷牙獸、長頸獸和刺蛇都在地上排排坐，牠們不僅對開過去的裝甲車視若無睹，頭還都朝著同一個方向——那是HUC的方向，所有的怪物都像在朝拜似的遙望前方。

駕駛員踩足油門，車子疾駛而去。

快到HUC的時候，紫紅色的霧氣也消散得差不多了，如果從裝甲車上往回看，就會發現那道雲牆像把HUC和北方城市分開。它雖然擋在中間，卻沒有造實質性的危害，讓雪豹等人非常不解。

霧氣消失，HUC的高牆又近在眼前，雪豹坐在車頂上，旺柴也學他，接著是阿梨、琥珀和程玫婷也都把頭探出車窗。

車上眾人都察覺到好像哪裡怪怪的，但誰都說不上來。

ＨＵＣ的大門敞開，高牆上沒有士兵駐守，門外徘徊著幾隻怪物。

雪豹坐上砲手的位置，準備瞄準。

「等一下！」琥珀本來想叫雪豹再看看情況，但雪豹已經把砲彈發射出去了。

砰——

第一發先做掩護攻擊，大門口揚起巨大塵埃。雪豹再按發射按鈕，門口的土堆突然爆出一條像鰻魚的怪物，咬住了還沒爆炸的砲彈。鰻魚怪把砲彈吞下去，在牠體內自爆，地殼隆起一波，整條馬路都感覺得到震動，但很快就像船過水無痕似的被沙土覆蓋，地面也變得平整。

雪豹傻眼了，他沒遇過這種防禦方式。

裝甲車載著一行人衝進大門，駕駛員卻突然急煞，車內眾人都跌得東倒西歪。車子停下來後，旺柴第一個打開門跳下車。

街上都是怪物，駕駛員剛才如果不緊急煞車，就要朝一頭雷牙獸的雷牙撞下去了，但這頭雷牙獸卻像溫馴的大象，站在原地不動，沒有要攻擊任何人的意思。

太奇怪了……

雪豹等人也下車，他們都端著槍，準備隨時扣扳機，但沒有一隻怪物對他們張開血盆大口。即使是剛才被砲彈打中，門口還留有一些殘骸，也沒有半隻怪物因為受砲彈刺激而衝過來。

這一切都與他們的經驗相違背。

旺柴才不管那麼多，他打開綠水的地圖功能，拔腿就跑。

「旺柴！」琥珀在後面叫著，但旺柴早已跑走。

旺柴跑過很多怪物，每一隻都像認識他似的，會轉頭看他，但沒有一隻攻擊他。

綠水跟在旺柴後面飛，他知道旺柴的目的地只有一個——

旺柴跑到軍營外。他氣喘吁吁、口乾舌燥，這一路上都沒有看到半個人，只有怪物。軍營外駐守著一些人，幾座帳棚架起了臨時的指揮所，一個穿防彈衣的保鏢看到旺柴，轉身走進帳棚內通報。

旺柴沒有先去臨時指揮所，他只是覺得很奇怪，為什麼這些人有軍營內的設施不用，偏偏要到外面搭帳棚？但他沒想太多，他走向軍營入口處的檢查哨。

檢查哨外有幾名士兵站崗，他們看到旺柴，紛紛對旺柴擺出持槍的姿勢。

旺柴也決定硬闖了，左右手各握著一球能量，就在這時，後面傳來一聲呼喊。

「萬尼夏！」

旺柴收回能量球，轉身一看，是車慶媛。

車慶媛對士兵們點頭，他們便收回槍，站回崗位，「萬尼夏，我下令不准任何人進去，軍營已經被占領了，裡面都是會攻擊人的怪物。」

第六章
我等你回家

「夜鷹呢？」

「你晚了一步。」

「……」旺柴怔怔地轉頭，說不出話。

在此之前，他從來沒想過失去夜鷹會怎麼樣……

他還沒想太多，身體就動起來了，他朝軍營衝過去，但被士兵用槍攔住了。

「讓他進去！」車慶媛大聲道，士兵才放人，「讓他親眼見識，殘酷的真相。」

旺柴跑進軍營，起先沒看到什麼怪物，但他沒跑多遠就聞到一股難聞的味道。

一隻大蒼蠅飛過來，在空中上下盤旋，旺柴正準備揮手趕蒼蠅的時候，旁邊突然伸出一條舌頭把蒼蠅吞了。

那是一隻貼在牆壁上的大壁虎，牠的舌頭細細長長，動作很快，但身體卻足足有一層樓高。牠的四肢會分泌特殊的黏液，讓自己黏在牆壁上，身體花色像棋盤格子，與窗戶外牆融合在一起。

這就是車慶媛說的會攻擊人的怪物嗎？旺柴屏住呼吸，不想讓大壁虎發現自己，但大壁虎也跟外面那些怪物一樣，轉頭看了他一眼就不動了。

旺柴躡手躡腳地通過，但他才剛走沒幾步就發現臭味的來源，以及為什麼這裡的蒼蠅那麼多了。

紫紅色尖刺從地上竄出，形狀像放大的血管，但質地看起來很硬，外殼亮亮的，有金屬的質感。

尖刺上掛著屍體，都是穿著軍服或便服的大人，像展示品似的豎立在每棟建築物外面。臭味就是從屍體身上散發出來的，蒼蠅也被吸引而來。尖刺根部覆蓋著紫紅色的藤蔓，藤蔓上結出大小不一的紅色果子，彷彿是用鮮血餵養的，那景象既駭人又有一種奇異的美感。

旺柴繞過地上的藤蔓，它們也像有生命似的，莖葉會移動，不讓旺柴踩到。隔著藤蔓，旺柴無法靠近屍體，但那味道仍在空氣中飄散，讓旺柴不得不捏著鼻子通過。

軍營內的屍體太多了，旺柴不管走到哪裡都會看到人肉串。因為看多了，他才發現它們都有一個共同特徵，就是它們生前都是中年人，大約跟車慶媛的年紀差不多。它們有的揹著槍，有的槍不知道掉到哪裡去了，有的穿著實驗白袍，不像戰鬥人員。

屍體和紫紅色的尖刺彷彿成了路標，讓旺柴深入探索。他發現一棟建築物被藤蔓覆蓋，但藤蔓上卻像掛起聖誕彩燈似的，結出了金色的小蘋果。

這棟建築物外棲息著許多怪物，牠們察覺到旺柴走近，卻只是抬起頭，用不知道是鼻孔還是氣孔的地方哼了哼氣，接著繼續做牠們自己的事，像是站著、趴著，或是慢條斯理地晃來晃去。

旺柴走進建築物，發現是大禮堂，正前方有個舞台。但在看到舞台前，旺柴最先看到的，是一棵生長在室內的樹。整棵樹都是白色的，像落下了雪，唯美異常。

旺柴慢慢走近，心越跳越快。他一看到那棵樹就覺得樹幹上的紋路很奇怪，走近一看，才發現樹裡鑲嵌著一個人。

那個人是個少年，年紀跟旺柴差不多。少年的雙手高舉，手腳都嵌入樹幹裡，全身都被白色絲線覆蓋著，尤其是整顆頭，頭髮都已經被白色絲線取代了。絲線從少年的頭上擴展出去，變得有如枝葉茂密，彷彿開出了滿串的小風鈴。

少年雙眼閉著，好像睡著了，但他臉上血色全無，彷彿血都被吸乾了。嘴巴則被像口罩一樣的白色絲線蒙住，使旺柴看不到他的嘴巴長什麼樣子。

旺柴墊起腳，伸出一根手指到少年鼻子下方，發現少年還有呼吸。

「綠水，他還活著。」旺柴對飄在自己身邊的ＡＩ道。

「嗯……」綠水面色凝重。

少年是旺柴進到軍營後遇到的第一個活人，他想把少年放出來，但當他去扳少年胸前的樹皮時，樹皮竟像有意識似的把少年的身體纏得更緊。旺柴嚇一大跳，只能鬆手，不小心跌坐在地上。

忽然，他聽到自己身後有什麼東西靠近……

有野獸的低吼聲。

旺柴急忙轉頭，看到一隻鋸齒獸正對自己呲牙裂嘴。

旺柴正對著鋸齒獸憤怒的紅眼，但比眨眼還短暫的時間內，鋸齒獸就放過他了。鋸齒獸像黑豹一樣敏捷的身體跳到少年樹的根部，在根部繞了幾圈，便像被馴服似的趴下。

也就是在這時，旺柴察覺到有道人影躲在黑暗裡。

旺柴往前走了幾步，舞台上沒有燈光，大禮堂裡除了靠近少年樹頭上的白色光絲，其他地方都是黑的，但他可以在黑暗中看清楚那裡有一個人。

他不敢再往前走了，但他用力吸了一口氣。

旺柴咬緊牙關，緊抿著嘴唇，雖然握著拳頭，但那裡頭沒有匯聚著能量。

那個人慢慢從黑暗中走出，旺柴見到了這一切的始作俑者……

那個人是怪物的王。

鋸齒獸在他面前乖得像小貓一樣，而旺柴只須一眼，就認出這個人是誰了。

「……我等你回家。」

說完，旺柴頭也不回地跑走。

他跑出大禮堂，跑過沿路的人肉串，咬牙忍住想哭的心情，但他還是不小心跌倒了。

「旺柴……」綠水只是像幽靈一樣的投影，沒辦法用自己的雙手扶起旺柴，「旺柴，快起來……求求你快站起來！」

旺柴握緊拳頭，抓著地上的沙土。

他不想再站起來了，因為都沒有意義了。

「旺柴！」綠水急著團團轉，他回頭看了大禮堂一眼，臉上變成生氣的表情，「快站起來！你給我站起來！」

「我不要！」

「快起來！」

「不要！」

「旺柴！」

「你憑什麼命令我？」

「因為我擔心你！」綠水飄到旺柴面前，變成趴著的姿勢，和旺柴一起趴在地上，「因為你是我的伙伴，我很擔心你……我不要放棄你……」

綠水拚命搖頭，他用袖子遮著臉，代替旺柴不敢流下的淚水，哭了起來。

旺柴怔住了，他吸了吸鼻子，起身，「綠水……」

「嗚嗚……」

「原來，你也很難過啊？」

「那是當然的啊！笨蛋！」

看到綠水哭得一把鼻涕一把眼淚，鼻涕還流到嘴巴裡，一點形象都沒有，旺柴無奈地笑了，但好不容易露出的笑臉維持不到一秒鐘，旺柴就覺得自己沒有笑的資格。

他的嘴角弧度漸漸收斂，綠水也擦乾了鼻涕。

「綠水，我想回家了。」

「嗯。」

「我們回家等他。」

「嗯嗯。」綠水飄到旺柴身邊，雖然沒辦法碰到旺柴，但他還是握著旺柴的手、把頭靠在旺柴的肩膀上，「我們走吧，慢慢走回家，這次，不急。」

「嗯。」旺柴點頭，他們已經不需要為了做任務趕路了。

但旺柴才剛走了幾步，就有一隻鋸齒獸跑過來，停在他面前。

旺柴繞過鋸齒獸，鋸齒獸卻像貓咪撒嬌一樣，用頭頂了頂旺柴的手臂。

旺柴疑惑地轉頭，鋸齒獸也轉過頭……

旺柴騎上鋸齒獸，鋸齒獸不知何時進化出爬牆的能力，牠像貓科動物跳上大樓的外牆，載著旺柴抓著窗台，跳到大壁虎頭上。牠跳到頂樓天台，旺柴看到了夕陽西下。

微風吹拂，高處沒有屍骸的臭味。

感受著微風、斜陽，旺柴抓著鋸齒獸背後的鬃毛，感受到呼吸起伏的輕微搖晃，在這一瞬間，他忽然意識到這隻被人叫成怪物的生物，也是這個世界的一份子。

旺柴望向天空，遠方豎立著的雲牆裡，隱約可見像山一樣高的陰影，但牆再高都沒有擋住天空，旺柴得以看到晚霞雲彩，像自由奔放的紫紅色火焰。

他心裡充滿了感激，謝謝自己還活在這個世界上。

「我們回去吧……」他低聲道。

鋸齒獸載著他跳下天台，在樓與樓之間跳躍，他忍不住趴伏下來，抱住鋸齒獸的脖子。他的身體貼在鋸齒獸的背上，感受著怪物的體溫和心跳，比人類高、比人類快，但那種溫暖的感覺跟兩個人互相依偎在一起的時候，是一樣的。

鋸齒獸載著旺柴跑向軍營的出入口，軍人突然對他們開槍。

「旺柴！」

旺柴聽到琥珀叫他的聲音。

一連串的槍聲響起，鋸齒獸要跳過這些人，卻在空中被打斷四肢而失去平衡，連帶旺柴也摔了下來。眼看旺柴就要撞到堅硬的路面，鋸齒獸非常不自然地扭轉身體，用柔軟的肚子接住了他。

「旺柴！」

琥珀跑上前，程玫婷、阿梨和雪豹也跟在她後面，程玫婷幫忙扶起旺柴，並為他療傷。

「旺柴，你沒事吧？」琥珀一臉著急，好像今天摔倒的是她的小孩。
「我沒事，但你們把我的坐騎打死了。」
「你為什麼會騎那種東西……」阿梨對自己的槍法很得意，她沒有打到旺柴就不錯了。
「是我下令開槍的。」車慶媛帶著保鏢，從旁邊的臨時指揮所走出來，「我不能讓你騎著那種東西在外面晃來晃去。」
旺柴拍拍自己的衣服，並對程玫婷點了個頭，示意她自己沒事了。
旺柴走向車慶媛，車慶媛的保鏢立刻持槍瞄準他，但車慶媛動了動手指，讓保鏢退下。
「妳知道裡面還有人嗎？」旺柴開口。
「我知道。」車慶媛淡淡地回答。
「是一個年紀跟我差不多的少年，他被變成一棵樹……呃，算是卡在樹裡面吧，但他還活著，我確認過了！」
「我知道。」車慶媛還是一副事不關己的樣子。
「妳會帶人去救他嗎？」
「……」車慶媛瞥了旺柴一眼，「兩個小時前，蟲王帶著大部隊進攻ＨＵＣ，他只花不到三十分鐘就癱瘓了我們的防禦系統，然後他走進軍營，殺了所有高階將領。」
「什麼？」聽到車慶媛的話，琥珀蹣跚地走了過來，簡直不敢相信，「妳的意思是……我們輸了？」

「不然妳以為我們在這裡做什麼？」車慶媛抬頭一指，望向身後的帳棚群，「我們被趕出來了，軍營現在是封鎖狀態，臨時指揮所搬到這裡，我是最高指揮官。」

「妳一個衛生福利部長，有什麼資格擔任指揮官？」雪豹雙手交叉抱胸，眼裡充滿了不信任，「妳上過戰場嗎？」

「我在你還沒加入ＨＵＣ之前就已經在軍中服役了。」車慶媛以前在遠山空軍基地的身分並非所有人都知道。

「哼，為什麼這個蟲王單獨留下了妳呢？」

「這個嘛……」車慶媛不禁陷入了回憶。

事發突然，ＨＵＣ裡沒有人對這次攻擊有所準備，加上不久之前怪物才入侵過，大家主觀認為事情不會那麼快就再發生一次，而且他們有把大門關好。

「蟲王的部隊是超乎我們想像的怪物，我們的科學家研究末世環境有八年了，但他再次刷新了我們的認知，他非常有……策略。」

車慶媛不想表現出太大的情緒，但她的嘴唇在說話的時候微微顫抖，連帶她的脖子肌肉也在抖動，肢體語言出賣了她。

「他對ＨＵＣ內部非常了解，每一條街、每一棟樓……就像，他的廚房一樣。」車慶媛抿了抿唇，望向對街馬路，「我下令宵禁，所有人都只能待在室內。」

「這不對啊！」阿梨大聲問道，「大家都到哪裡去了？妳的臨時指揮所人也太少了吧？」

車慶媛身邊只留下保鏢、祕書、兩三支小隊，這完全不是ＨＵＣ軍隊的規模。阿梨想問的是，其他的軍人都到哪裡去了？

「我讓他們回家待命。」車慶媛道。

「為什麼？」琥珀不解，「街上都沒有人，怪物變得這麼聽話，這不就是我們集合所有部隊，一舉拿下入侵者的好機會嗎？」

「妳以為怪物為什麼不會攻擊我們？」

「……」琥珀不知道，只能保持緘默。

「有入侵者，我們自然會跟他戰鬥，但雙方的實力太懸殊了。蟲王身邊被怪物重重包圍，沒有人能碰到他一根手指頭，他又能用那種……奇怪的方法把高階將領都抓出來，不管他們躲得多隱密。我試著跟他談判……」

車慶媛還記得自己衝到宿舍，看到蟲王背後的外骨骼變成尖刺，正穿過藍姊的肩膀，把人釘在牆上。

她永遠不會忘記，蟲王用低沈沙啞的聲音說出了他的目的：『……我終於意識到，只是等待誰來把這個世界變回原貌是不可能的！如果我想要改變，我就得自己動手！』

『放開她！』

不顧危險，車慶媛對蟲王開槍，但蟲王背後的尖刺擋下了子彈，還往旁邊一掃，反彈子彈，劃破車慶媛的臉頰。

車慶媛不在乎自己臉上的傷，她的眉毛動都沒動一下，『放開她，不然你一定會後悔的。』

『我們都回不去了，車部長。』

因為認出了對方是誰，車慶媛決定賭一把，她把手槍丟下，『你想要怎麼樣的改變？』

蟲王在那之後放過了藍姊，她被送到市民醫院治療。

車慶媛剛接到報告，藍姊手術後的狀態很穩定，傷口沒有感染，只是從她傷到的部位來判斷，她以後要拿槍將無法那麼順暢。

「他問我一個問題，我在這個世界上，還有重要的人嗎？」車慶媛娓娓道來，「我說，有，我兒子。」她看向旺柴，「你見到他了。」

「難道是那個……卡在樹裡的人？」

車慶媛吞了一口唾沫，沒有人知道她此刻的心情，「蟲王要求ＨＵＣ解除武裝，只留下少部分軍人維持城內秩序，作為交換，他會放過剩下的人。」

「旺柴，你看到樹上的蟲絲了，那是蟲王的眼線，每一隻怪物都可以分泌那種絲線，每一隻都可以把牠們的神經訊號串連在一起，這是我們的科學家都沒發現的！他可以透過無處不在的絲線，看到、聽到我們的話。」

「……」旺柴想起少年頭上的絲線，掛在樹上，就像流蘇白花。

「如果我想組織軍隊跟怪物對抗，他會立刻殺了我兒子，但只要我兒子繼續待在那裡，怪物就會感應到蟲王的力量，未來即使蟲王離開了，牠們也不會攻擊ＨＵＣ。」

所以，車慶媛是不可能帶人去救少年的。是她，把自己的兒子交了出去。

琥珀等人聽完後都沈默不語，現場沒有人敢對車慶媛說出一句指責的話。

旺柴轉頭，望向倒下的鋸齒獸，「我見到我爸爸了，但他死了，我想跟妳說一聲。」

「……」車慶媛的表情沒有特別的變化。

「我要回家了。」

「考慮到目前現況，我沒辦法提供你任何資源。」

「沒關係，我不是來跟妳要東西的。」旺柴看著車慶媛，直視對方的眼睛，「爸爸有提到妳，他還記得妳，所以我才覺得要讓妳知道一下。」

「……」車慶媛點了點頭，眼裡藏著未知的情緒。

「喔，對了，這位是程玫婷。」旺柴走到少女身邊，他的步伐與聲音都變得堅定穩重，「她就是我們要找的人，但現在已經太遲了，你們可以把她送回去嗎？」

「那個……我聽說ＨＵＣ有一台大電腦！」程玫婷鼓起勇氣，「裡面記錄著很多資料……

「ＨＵＣ以前是遠山空軍基地，我以前住在遠山市，不知道裡面會不會有我的資料？」

「妳是想……？」車慶媛不懂對方的意圖。

「我失去記憶了，唯一的線索只有我的名字和我以前就讀的學校，如果你們可以查到我的家人……我想知道他們是誰。」

「那可能需要花一點時間。」

「沒關係，我可以等……」程玫婷望向旺柴、琥珀等人，跟這些人相處，她已經對ＨＵＣ徹底改觀了。她望向車慶媛，說話的時候雙手交疊在腹部，模樣很有教養，「我是會療傷的超能力者，有什麼需要我幫忙的嗎？」

少女的微笑彷彿讓她全身綻放光芒，一名軍人突然跪下。

「我媽媽……我媽媽……」

「請帶路吧。」

※

旺柴默默踏上歸途。

程玫婷選擇留在ＨＵＣ，車慶媛也說了會保護好她，那旺柴就放心了。

綠水飄在旺柴身邊，一人一ＡＩ走在公路上，反正附近的怪物都不會攻擊人，也不會有ＨＵＣ的士兵巡邏，他們可以大搖大擺地走最近的路，愛怎麼走就怎麼走。

但想到晚上要在外面紮營，旺柴就有一點沒信心。

「綠水，萬一我遇到蛇啊、狼啊的，該怎麼辦？」

「記得告訴我蛇肉好不好吃。」

「如果我還沒吃到蛇肉，我就先被蛇咬了怎麼辦？」

「趕快回去找玫婷。」

「啊～～冒險的路上怎麼可以沒有補師呢？」

叭！叭！

旺柴轉頭，一輛小客車開過來，雪豹從副駕駛座探出手。

琥珀開車，車子慢慢停下來，阿梨則坐在後座。

「聽說你要回家？我們送你一程！」雪豹耍帥地對旺柴眨眼。

三人都沒有穿軍服，但配槍還留在身上。

「幹嘛？快上來啊！」阿梨在車內揮著手。

「我……我接下來沒有任務喔……」

「我們以前也住在遠山市。」琥珀轉頭道，「我們知道路怎麼走，開車比較快。」

第六章

我等你回家

「唉唷，你是哪家的大小姐，沒有人幫你開門，你自己不會上車嗎？」

雪豹下車替旺柴打開後座車門，但旺柴仍遲疑著。

「你們不用在基地待命嗎？」

「HUC的狀況你也知道了，軍人現在都沒事做。」琥珀口氣有些無奈，但眼神又懷抱著期待，「我們經過車部長同意，只要我們回報遠山市的狀況，她就可以把我們當成科研考察團，讓我們留著槍。」

「上車！」雪豹把旺柴推進後座，他自己也回到副駕駛座，琥珀開車上路。

一路上，眾人都沒話聊。

夜幕漸漸低垂，天空還沒全暗，雲變成深紫色的，就像旺柴的眼睛。

旺柴頭靠著車窗玻璃，在車子的晃動感中，慢慢閉上眼。

「旺柴。」雪豹忽然開口。

旺柴馬上張開眼睛，下意識變得戒備。

「你可以哭。」

「……？」

少年疑惑的臉龐映在車子的後視鏡中。

「我們失敗了。」雪豹道，琥珀和阿梨都沒有反對他。

「才沒有……」大家都是很好的人，旺柴說不出這種話。

「你可以怪我們。」

「沒有！」

「我們能力不足，慢了一步。」

「不是你們的錯！」旺柴好不容易忍住的淚水，又快要掉下來，「是我……如果我沒有離開他就好了，如果我無論發生什麼事，都陪在他身邊就好了……」

其實，他非常自責。他只是不敢說而已，也找不到人傾訴。

「如果我還在他身邊就好了，是我的錯……都是我的錯！我不想離開他……我真的、真的好不想離開他……嗚嗚嗚……」

阿梨拍拍旺柴的肩膀，旺柴靠在她懷裡哭了起來。他終於可以好好地宣洩情緒，而這次，他沒有破壞任何東西。

第七章

回到那綠意盎然的家鄉

旺柴一行人回到遠山市，大家都被城市的改變驚呆了。

根據琥珀等人的說法，HUC的居民很多都來自遠山市，但遠山市是一座被放棄的城市，因為HUC在遠山空軍基地成立後，他們為了維持基地的安全就已經耗費了很多兵力，因此他們沒辦法回去收復城市，而是轉為落地生根。

如今城市裡綠意盎然，廢墟大樓都披上了綠色的植被。馬路上沒有怪物，但有野生的鹿在吃草，牠們聽到車子的聲音馬上就跑走了。

「那是……」雪豹把阿梨的狙擊槍拿過來，伸出車窗外察看，「我看到野豬了！」

「啊？」琥珀怠速前進，剛剛嚇跑了小鹿讓她有點過意不去。

砰！雪豹開槍，槍聲驚跑了一群飛鳥。

「好像有打到……」

「……」旺柴整個無言，以前某人在的時候，他都沒吃過野豬肉！

「我去看看。」

「雪豹！」

琥珀怕有危險，但雪豹都開車門了，她只好踩煞車，把車子完全停下。

雪豹往前跑了一陣子，看到地上有一灘血跡。

在察看四周的時候，他聽到附近好像有什麼騷動。他端著槍，穩住呼吸，透過狙擊槍的遠程掃描鏡終於看到逃跑的獵物。

砰！

雪豹又補上一槍，並對隊友們揮手。旺柴等人都下車跑過去看，真的是野豬。

「有誰知道怎麼剝皮放血嗎？」雪豹問。

琥珀和阿梨默默把頭轉開。

「旺柴，我的好隊友……」雪豹摟住旺柴的肩膀，「這裡只有我們兩個男生，粗活當然是我們做啦！」

「這樣啊……哈哈……」

一行人來到瘋狂豪宅，旺柴把鑰匙插進鐵門的鎖孔，他終於回到家了。

走進鐵門，當眾人看到庭院裡的景象，都忍不住停下腳步。

一整面的月季花牆，綠葉間開著粉色的花，空氣中有薰衣草的香味，蝴蝶和蜜蜂正忙碌著，讓人頓時忘了這高牆之外還有末日敗壞的廢墟。

「你家……」

「好漂亮啊……」阿梨接續雪豹講不出來的話。

旺柴也不知道為什麼會這樣，他們離開才沒幾天，花不可能長到一整面牆，但他想起之前夜鷹曾叫他把超能力打進土裡，或許能給泥土帶來養分，沒想到成功了？

如果是那樣，這都是夜鷹的功勞，不然光憑他一個人，都不知道自己除了破壞，還有什麼用處。

旺柴走進庭院，鳥叫蟲鳴迎接著他，他的肩膀上停了一隻蝴蝶，頭上停了一隻鳥。圓呼呼的小鳥把他的頭當成鳥巢，四平八穩地坐了下來，雪豹指著他哈哈大笑。

一行人在旺柴家裡住了下來，旺柴真心歡迎他們。畢竟都是ＨＵＣ軍人出身的，琥珀等人也跟夜鷹一樣，馬上建立起防禦逃生的路線，還順便清點了宅邸內的物資，如此像要把綠水「全身」都看透的行為讓美人ＡＩ恨得牙癢癢。

「可惡！」綠水經常飄在三人身後咬手帕。

畢竟是虛擬影像，綠水打不著又摸不著，經常害人轉角遇到鬼。阿梨和雪豹向旺柴投訴多次，旺柴都只能苦笑。

琥珀在ＨＵＣ受過技師的訓練，對電子機械非常了解，她帶著阿梨和雪豹把宅邸內外都整修過一遍，還在綠水的指示下把監視器、電網等硬體設備升級，綠水才終於放過他們。

平靜的日子過了一段時間。

某天早上，阿梨突然從樓上衝下來，大喊：「怪物來襲，就戰鬥位置！」

當時，旺柴在客廳吃早餐，已經吃過的琥珀和雪豹一個在打掃房子，一個在保養槍械。他們聽到阿梨的話，立刻抓起各自的槍，但旺柴卻在看到綠水對他點了個頭之後丟下吃了一半的麵包，衝了出去。

「旺柴！」琥珀在後面大叫著。

旺柴跑過玄關，衝出大門。

他義無反顧地跑出去，張開雙手，在庭院的月季花牆下抱住那個男人的腰。

「你回來了……」

男人的身高超過兩公尺，背後有像翅膀的尖刺，他的手臂和腿都覆蓋著蟲群的甲殼，身上長滿黑藍色的鱗片。他伸出有如怪物的利爪，小心翼翼地將旺柴擁入懷中，並用低啞的聲音輕輕地道：

「對不起，我回來晚了。」

「沒關係……」旺柴抬起頭，望著男人深邃的金色眼眸，還是那麼溫柔。

他伸出雙手，無畏對方渾身的刺，抱住男人的脖子。

他可以感受到對方的心跳，還是那麼強而有力，他可以聽到對方的呼吸，熾熱地在自己耳邊，這一切都讓他忘了男人的改變。

「只要你回來就好了，夜鷹。」

「嗯……」

夜鷹捧著旺柴的臉，低下頭，將自己的額頭貼在旺柴的頭上，他露出笑容，旺柴也對他笑著。

琥珀和雪豹都揹著槍從宅邸走出來，從高處防守的阿梨也從屋頂上探出頭，看到怪物大軍停在高牆外，他們的王——蟲王在沒有觸動綠水警報的情況下走進庭院，與少年相擁。

夜鷹放開旺柴，望向琥珀和雪豹，他知道阿梨就在屋頂上。

他知道這些人如今都在太陽下看到了他的轉變。

雪豹扭頭就跑回屋子，琥珀卻怔怔地走上前。

「夜鷹？」她很害怕，「蟲王？」

「你們都知道了。」

「為什麼……」

夜鷹沈默地不說話了，他無視琥珀的目光，疲憊地走進屋。

※

「異變是不可逆的，就像一個長大的人不可能塞回媽媽的肚子裡。」

綠水初步掃描完夜鷹的身體後，得出這樣的結論。

阿梨從屋頂上下來了，雪豹不知道跑去了哪裡，阿梨和琥珀則一起站在客廳牆邊，看綠水掃描夜鷹的身體。

「異變是從基因開始，你的基因已經明顯與人類不同了，在基因產生質變的情況下，這不是把你切一切補一補就能變回來的。」綠水繞著夜鷹飄來飄去，腳翹得高高，「我不想這麼說，但把你變成這樣的蟲群非常厲害。」

「蟲巢裡有一種培養液，能分解、重組人類的細胞，在我之前已經有過很多的蟲王。」夜鷹道。

「如果有機會的話，我想要分析一下那個培養液。」

綠水雙手交叉抱胸，分析出夜鷹臉上仍有人類的表情，那是無奈。

「我沒有把整個巢穴帶過來，我只帶了一部分的部隊駐守在城市外。」

「……會痛嗎？」旺柴雙手捧起夜鷹的手。

夜鷹收起了尖銳的爪子，但他的手指還是尖得能輕易劃破人類的皮膚，所以他抬起手臂，把自己的手從旺柴的小手裡抽走，「都過去了。」他不想讓旺柴知道他經歷了什麼，因為他不想讓旺柴從今之後都失去笑容，「我回來了，不是嗎？」

「嗯……」

「夜鷹！」綠水喚了一聲，「我不能讓你變回原狀，但只要你在我的屋簷下，我就能改變你的自我認知投射。」

「什麼意思？」旺柴聽不懂。

「我可以透過光源訊號的折射影響你們的眼睛，讓你們的大腦在處理視覺訊號的時候，以為自己看到的是以前的夜鷹。夜鷹在鏡子裡看自己的時候，我也可以改變他看到的樣子。」綠水解釋。

「就像給我套上一層虛擬的皮？」

「沒錯。」

夜鷹問的時候，臉上雖然帶著微笑，眼神卻有了一些不可改變的東西。他點點頭，任憑綠水怎麼做。

綠水再一次掃描夜鷹全身，雙手在空中處理跳出來的視窗訊號，一陣操作後，夜鷹頭上出現一個光環，光環通過的地方變回了人類的皮膚，利爪和尖刺都不見了，他穿著他以前的日常便服。

就在這時，雪豹正好走進客廳，看到了夜鷹變身的景象。

還是以前那個夜鷹，出現在眾人面前。夜鷹轉頭，正好與雪豹對上視線。

「夜鷹？你沒事了嗎？」雪豹很驚訝。

「嗯，暫時的吧……」

夜鷹看到大家的表情都變了，他也透過吧台後面的鏡子看到自己變回了以前的模樣。

他怔了一怔，因為他不知道自己該用什麼樣的心情去面對。他知道這副模樣是假的，但他心裡仍為自己能重獲人類的外貌感到激動。夜鷹沒有意識到的是，蟲王一激動，附近的蟲群都會感應到。

「啊……！」

突然有一陣電流塞進他腦中，夜鷹抓著自己的頭，身體搖搖晃晃。

「夜鷹！」旺柴想過去扶夜鷹，綠水卻跳出來擋在旺柴前面。

「不可以靠近他！」

「啊啊……！」

夜鷹看著鏡子裡的人，本來還可以看到**自己**的，但在蟲群強烈的神經訊號影響下，他漸漸只能看到**蟲王**。

他的眼睛看到自己的外表在鏡子裡不斷切換，神經訊號越來越強，他痛苦地敲破鏡面，看到蟲王猙獰的面孔。

「旺柴，不管我讓你們看到什麼，都不會改變他已經變異的事實，他的身體隨時都能殺掉你們。」綠水必須很殘酷地點出現況，不然萬一旺柴靠近夜鷹，但夜鷹一轉身就揮動他背後的尖刺，那將會傷到旺柴。

「夜鷹——」

「他說的對！」夜鷹看到旺柴站在自己身後，必須阻止他，「你不要靠近我。」

「夜鷹！」

夜鷹轉身走出客廳，從廚房後門出去了。

「他到地下室去了，讓他靜一靜吧。」

綠水調出監視畫面，無論有誰在這宅邸，都逃不過他的法眼。

旺柴很擔心，但綠水都這麼說了，也不得不同意。

旺柴把地下室炸掉之後，這裡就再也沒有人來過。

夜鷹蜷縮在黑暗裡，讓孤寂包圍自己。他抱著膝蓋、把頭埋在臂彎裡，背後的尖刺垂掛下來，像監牢一樣把他困在裡面。他覺得自己好像沒有資格享有人類的情緒了，但仍然會感覺到悲傷。

不知道過了多久，他聽到有東西從樓梯上下來，他以為是旺柴，但那不是人類的腳步聲。

一步、兩步……

黑暗讓聽覺變得敏銳，他豎起耳朵，背後的尖刺蓄勢待發，直到他看到兩顆紅光慢慢靠近。

他聽到怪物的低吼，是一頭小型的鋸齒獸。

小怪獸的四肢短短的，牠用像貓科動物的頭頂了頂蟲王的手。

在這一刻，夜鷹感受到了悲傷，可是，那股情緒不是從他而來的，而是眼前這隻小怪獸。

他忽然懂了，他跟蟲群聯繫在一起，影響是雙向的。當他想要變成人類的時候，蟲群會提醒他、阻止他，但蟲群也會因為彼此的神經訊號相連，感應到他的情緒。

當他憤怒的時候，牠們會為他而怒，當他悲傷的時候，牠們也學會了悲傷。

情緒是有智慧的生物才會有的東西，怪物是不會感到悲傷的，但因為他、透過他，蟲群學到了這份情緒，牠們把悲傷的心情投射給他，這種將情緒反應在兩者之間的互動，叫做共鳴。

牠們想要安慰他。

夜鷹摸了摸小怪獸的頭，牠則將頭頂在夜鷹的胸口。夜鷹一把抱住了牠，就像在抱一隻大玩偶。

※

琥珀帶著可以跟ＨＵＣ聯絡的電腦，但她一踏進宅邸，電腦的使用權就被綠水接管了。琥珀跟基地聯絡的內容都在綠水的掌控中，至今為止，琥珀傳送的都是遠山市的觀察報告，沒有危害到旺柴的內容綠水就會放行。

今天，電腦收到一通視訊。

綠水覺得很重要，便把所有人集合到客廳——不包括還在地下室耍自閉的夜鷹。

「開始吧。」旺柴道。

綠水把畫面放出來，是車慶媛。

車慶媛起初有些疑惑，因為從她那邊看，畫面都是黑的，只有琥珀的一顆頭飄在空中，怎麼看怎麼奇怪。這是綠水做了畫面處理，不讓車慶媛看到宅邸內部的樣子，可說是保密到家。

「車部長，請說。」琥珀開口。

車慶媛先嘆了一口氣，她可以想見琥珀等人現在一定跟旺柴在一起。旺柴已經回老家了，所謂老家就是巴克萊雅博士的家，憑博士的聰明才智，家裡會有什麼特殊機關來處理畫面也就不奇怪了，她還是趕緊談正事。

『我知道你們一定有辦法聯絡到蟲王。』車慶媛開門見山地道，『我要讓蟲王知道，我必須重啟HUC的軍隊！』

「發生什麼事了？」琥珀問。

『我收到其他生還者組織的求援，他們說從北方城市開始有一群人在燒殺擄掠。這群人跟普通的強盜不一樣，他們破壞糧食飲水，殺人不眨眼，很多組織都深受其害，但這群人卻打不死。』

「打不死？」

雖然是對著螢幕，但車慶媛的眼裡彷彿燃燒著怒火，『他們被子彈打到後，只要把子彈挖掉就可以重新站起來，即使把他們的頭、手都砍下來，肢體也會復原，跟之前入侵ＨＵＣ的人一樣……』

「是生化人。」琥珀此話一出，客廳裡的人都看著她。

車慶媛點頭，『沒錯，是極樂世界公司的……軍用等級生化人。』

「妳知道？」

『當年是我核准的。』

琥珀能聽到客廳裡有人吸氣的聲音。

『當年的生化人沒有這麼厲害，巴克萊雅博士還來不及把戰鬥用的ＡＩ做出來，而且綠洲集團只想著營利，就命令博士把生化人改成勞動市場用的。他們急著上市，但擋到太多人的利益，才引得有心人士利用人權團體對綠洲集團提起訴訟。』

「呃……旺柴在這裡喔。」琥珀覺得自己應該提醒一下。

「我沒關係啦！」旺柴搖搖手，琥珀有時就是太顧慮他了。

『我早就猜到了。』車慶媛沒有聽到旺柴的聲音，因為被綠水擋掉了，但畫面會黑成這樣正符合她先前的猜測，『我就直說了，如果蟲王在的話，要嘛他出動他的怪物大軍，不然就讓我出動ＨＵＣ的軍隊！』

琥珀轉頭看了一眼，她不知道畫面被綠水弄黑了，但她這一眼卻看到了夜鷹從轉角走來。

夜鷹披著虛擬皮，是人類的模樣。

雪豹和阿梨也看著夜鷹，眼裡都有說不出的複雜情緒。

夜鷹雖然是人類的外表，但他的氣勢變得不一樣了，他現在是能號令怪物大軍的蟲王，只要他皺一個眉頭，雷牙獸就可以衝過來撞毀一棟房子。

『我話就說到這裡了，對不起，我還有別的事要忙。』車慶媛切斷了視訊。

「我收到訊號了。」夜鷹走到客廳中間，站在壁爐前的猩紅色地毯上，「除了北方城市，以前曾是綠洲集團工廠的地方都有生化人出現，這一定是伊韓亞幹的。」

「你的情報來源準確嗎？」阿梨窩在一張貴妃椅上，雙手抱著狙擊槍。

「我有偵察用的蟲群，畫面很清晰。」

「說的你好像蟲群之王一樣……抱歉，你就是了。」

「伊韓亞用吸血鬼王的軀殼行動，他還在用『萬尼夏』的名字。我的蟲群也被殺掉不少，這件事絕對不能放任下去。」

「你的蟲群？哈……」雪豹笑了，好像這是一件極其荒謬的事，「現在已經開始說『你的蟲群』了？」

「牠們本來就是我的。」

「我們以前也殺了很多怪物，你不會都忘了吧？」

夜鷹沈著氣，他不奢望這些人會了解，但身為一位蟲王，如果他不主張自己在群體裡是一個至高無上的存在，那他會反過來被群體的力量吞噬。

「你要向我們報仇嗎？」雪豹的口氣極盡挑釁，但夜鷹不想浪費時間在無用的辯論上。

「琥珀、阿梨，回ＨＵＣ，把消息帶回給車慶媛，我允許你們恢復一定限度的武裝兵力，但是不准離開城市。」

「你有對我們發號施令的資格嗎？」阿梨抽出腰間的軍刀，在手中把玩著，「夜鷹救過我，蟲王可沒有。」

「夜鷹對你們很有耐心，蟲王可沒有。」

阿梨馬上把頭轉一邊，用肢體語言表示抗議。

「我會到前線指揮蟲群作戰，到時候，我不希望看到人類士兵擋我的路。」

「人類士兵？」雪豹對剛才夜鷹獨獨跳過他的名字很不爽，「你叫我們『人類士兵』？說的好像你不是人類一樣。」

「我的確不是。」夜鷹冷冷地道，「這不是你們能打的仗，你們沒有與伊韓亞戰鬥的籌碼，但我的蟲群不會累、不會抱怨，而且隨時可以拋棄。雖然這不是我原本的意願，但怪物確實是對付生化人最有利的工具。」

理性上，沒有人能反駁他的話。

「你們只要躲在安全的地方就好，那不就是你們想要的嗎？」

「什麼……」雪豹看著那熟悉的臉龐，卻不認識那雙眼睛了。

「不然你以為車慶媛為什麼要聯絡蟲王？」夜鷹說完，瞥向琥珀。

琥珀不難想像車慶媛的意圖，畢竟一隻怪物就很難打了，蟲王卻能號令牠們、改變牠們。一隻生化人也很難殺，只有夜鷹能跟伊韓亞打得難分難捨，或許，車慶媛早就知道蟲王離開ＨＵＣ後去的就是遠山市。

「她希望我去跟生化人戰鬥，等到我們兩敗俱傷，人類再出來收拾殘局，或者……把我當成最後的大魔王，趁我虛弱的時候，進攻我的蟲巢……」他現在連「我的蟲巢」都說得出來了，那比想像中容易，「蟲王答應加入戰鬥，你們不是應該感到高興嗎？」

「高興？我看起來像很高興嗎？」雪豹大聲嗆回去。

夜鷹還是那副冷冷的態度，「不要裝作你很關心我的樣子，已經太遲了。」

「我看起來像裝的嗎？」

「那我被毆打的時候……」

夜鷹的腦袋裡閃過記憶片段，他在ＨＵＣ大門前對上伊韓亞的時候、他跟伊韓亞戰鬥的時候，他彷彿還能感覺到拳頭落在自己的身上。

「被咬的時候……」

怪物一片片撕咬他的皮膚，將他拖進黑暗深淵……他彷彿還能聽見自己臨終的怒吼。

「我被判死刑的時候……你們在哪裡？」

他望向琥珀、雪豹、阿梨，他以前的隊友。

「我的聲音有人聽見嗎？」

他想起自己被壓進培養池裡，空中爆出的極光。

「如果一個人求救的聲音都沒有被聽見，那他叫得再大聲，還有意義嗎？不要說你們投無罪就沒事了，你們有人為我站出來過嗎？不要說軍人的職責就是服從，完全沒任何想法，只會服從的，就是我的蟲群！」

遠方傳來什麼東西倒塌的聲音，屋外的怪物發出激烈咆哮。當夜鷹瞪著雪豹的時候，當他憤怒到眼眶泛紅卻必須忍耐住的時候，咆哮聲軋然停止，接著是什麼東西斷裂的聲音。

只有綠水透過監視器看見了，一股無形的力量正在把屋外的怪物捏成肉泥。

「不准再質疑我。」

夜鷹瞥了雪豹一眼，視線轉到阿梨身上。

「不准對我無禮。」

接著是琥珀，「不服從我，就滾開，不要擋我的路！」

「夜鷹……」雪豹揹起槍，他沒有辦法伸出雙臂擁抱這個男人，但他盡他所能，用他最柔軟的聲音道：「我知道你殺掉同袍時，已經是全城都在通緝你的時候了。我一來感到慶幸，因為我知道你不會輕易被抓，二來我覺得你這個人很討厭，因為你沒來找過我們任何一個人就自己跑出去了，我要怎麼聽見你的聲音？」

「……」夜鷹移開視線。

「你不習慣向人求救，你從不讓任何人踏入你的世界。」雪豹說話的時候偷瞥了旺柴一眼，「我沒有超能力，沒辦法一個打十個，但是這裡沒有人看到你要去打伊韓亞還笑得出來。」

雪豹掉頭就走，反正這裡也不需要他了。他步出宅邸，讓綠水無法偵測他去哪裡，但夜鷹卻可以看見，透過蟲群的無數隻眼睛。

琥珀和阿梨面面相覷，都不敢再插嘴，因為夜鷹變得不一樣了。

「旺柴。」夜鷹突然輕喚一聲，他的語氣卑微，彷彿在尋求別人的安慰，「我可以為你報仇。」

「什麼？」旺柴一時聽不懂夜鷹在說什麼。

「你爸爸……是伊韓亞做的嗎？」

「你怎麼知道的？」旺柴看著夜鷹，但他懷疑自己是不是看錯人了，「我沒跟你說，你怎麼會知道？」

夜鷹想起自己在猩紅之地城堡的房間裡，大床上躺著一個人……

「我見過伊韓亞。」他的聲音在隱藏某種情緒。

「在哪裡？」旺柴追問。

「在虛擬世界。」他想起自己的手碰到伊韓亞臉頰的那一瞬間，「伊韓亞會變成這樣，可能是我害的。」

「因為你殺了吸血鬼王嗎？」旺柴問。

「不，是我意外闖入伊韓亞的虛擬領域，他可能因為我、透過我學會了蟲群的指揮系統。」

旺柴看了綠水一眼，但綠水搖搖頭，他也沒有頭緒。

「你會支持我的，對吧？」

夜鷹的聲音輕柔得可怕，他想向旺柴伸出手，但即使他「看起來」有人類的外表，牆上的影子仍是怪物的手指。

旺柴頭一偏，在夜鷹還沒碰到他之前就躲開了，「為什麼一定要跟伊韓亞戰鬥呢？」

「為什麼？」夜鷹皺起了眉，臉上似笑非笑，「這還要問為什麼嗎？他是因為我們才來到這個世界的。」

「他很危險，但我們在這裡很安全。」

「伊韓亞的行為模式改變了，只要一天不除掉他，就沒有一個地方是安全的！」

伊韓亞以前都是只靠著一副軀殼，不管他要偽裝成誰都不會帶領著成群的生化人，因為他沒有群體戰鬥的概念，但蟲群不一樣。

蟲群是一個只靠著唯一一位王者的指揮系統，除了王以外，其他士兵都可以被犧牲。伊韓亞現在做的事就跟蟲群很像，他讓自己成為生化人的王，這比他混入人類的城鎮裡，想方設法地讓人類聽他的話還方便多了。

想到伊韓亞的學習能力，夜鷹就感到不安與恐懼，他不知道伊韓亞還會進化到什麼地步。

「旺柴，我一定要去，但我需要你的祝福。」他沙啞的聲音、溫柔的語氣不禁讓旺柴抬起頭，深深地望著他……

「我必須要知道，你會躲在一個安全的地方，等我回來。」

那樣他才能義無反顧地出征。

「不！」旺柴卻很果斷，他從沙發上起身，直視著夜鷹，「我不希望你去替我報仇，因為我不想跟伊韓亞戰鬥。」

「旺柴！」

「我不想變得跟他一樣。」

夜鷹怔了一怔，他這才發現自己已經好久沒有好好看過旺柴的臉了。

少年的表情變得堅定，那雙深紫色的眸子裡有著溫柔與些微的憂鬱，就像曾經的他一樣。

而如今的夜鷹，眼裡充滿暴戾。

旺柴吸了吸鼻子，轉身跑上樓梯，客廳裡剩下琥珀和阿梨，但她們都有意迴避夜鷹的視線。

「俗話說，感情糾紛就是要甩巴掌，」綠水雙手交叉抱胸，降落到夜鷹身邊，不管夜鷹變成什麼樣子，他吐槽起來都沒在怕，「我一直在等你跟巴掌的距離有多近，結果都沒人打，真可惜。」

「……」夜鷹瞥向綠水。

「怎麼？想要我打？」綠水挑挑眉，嘴角很故意。

夜鷹搖頭嘆氣。

※

夜晚，旺柴一個人站在三樓露台。

想起白天的事，他就覺得鬱悶，他不想跟大家的關係變差，可是理想永遠追不上現實的變化。

他看著滿天星子，忽然聞到茶香。

「夜鷹才會泡薰衣草奶茶給我。」他有點賭氣地道。

「我就是你的夜鷹。」

「……」

旺柴遲疑地轉頭，看到蟲王拿著一個馬克杯，伸向他。

夜鷹解除了虛擬皮，怪物般的大手拿著一個小小的杯子，那令人畏懼的外貌配上一個能溫暖人心的馬克杯，十分不搭調。

「旺柴，我想要讓你看到我最真實的樣子，你會怕我嗎？」

旺柴接過杯子，喝了一口，還是熟悉的味道，「我不怕你，我是擔心你。」

「我比你強，我最不需要的就是你的擔心。」

「……」

旺柴輕輕垂下了視線，臉上帶著微笑。在理解到夜鷹為什麼會這麼說之前，他先意識到了自己心境的轉變。

如果是以前，他一定聽不懂夜鷹在說什麼，一定會怪夜鷹又把他推開，但聽了雪豹那番話，旺柴才懂得原來不是夜鷹在把他推開，而是夜鷹不肯讓任何人走進他的心裡。夜鷹本來就是這樣的人，他的溫柔是一種武裝，他眼裡些微的憂鬱才是他對自己、對這個世界最真實的心聲。

旺柴想起自己在博士的眼裡也看過類似的情緒。博士對他的感情用三言兩語講不清，絕對不是只有愛或恨而已。夜鷹眼裡也是一樣，就是因為揉合了太多情緒，最後只能變成一抹微笑，掛在嘴角，就像缺了角的月亮，雖不圓滿，卻很好看。

「我還記得，我們在美麗新世界相遇的時候，你跟我說我比你強，因為我毀了你的世界。」

「……」夜鷹點頭，他也還記得。

「那時候好開心啊，想到每一天都可以跟你去冒險，我就等不及想探索這個世界。」

「我是不是不該喚醒你？」

旺柴搖搖頭，那不是他說這番話的用意，「你想嘛，我們殺了伊韓亞的吸血鬼王，他才一直追著我們跑。我爸爸死了，如果也要我一直追著伊韓亞跑，那我不是會錯過很多冒險嗎？」

「……」夜鷹怔了一怔。

「這個世界還有很多東西等著我，我覺得我有比復仇更重要的事。」旺柴伸出一隻手，牽住蟲王的大手。

「所以我才說，我不想變得跟他一樣。」旺柴說道，擰起了眉，「伊韓亞看不到這個世界上還有美麗的地方，他沒有勇敢邁向新世界的決心，他真的很可憐，夜鷹。」

夜鷹能感覺到旺柴細嫩的指掌撫摸著他的鱗片。

「我爸爸在最後跟我說，他不想再見到我。」

「你找到博士了？」夜鷹不知道在北方城市發生的事。

旺柴點點頭，「他一眼就認出我了，就像我也能認出他一樣。」

「那他……過得好嗎？」夜鷹知道自己不能多問，但他必須說點什麼。

「他很想念張綠水。」

「嗯。」夜鷹可想而知，因為這棟房子裡到處都留著這家人相愛的證據，「一定的。」他輕輕把手放在旺柴的肩膀上，旺柴也主動靠向了他。

「所以我覺得他很想去找他，只是缺一個理由而已。」旺柴看到他們在張綠水墓前灑下的月季花種子，如今都開花了，「如果是爸爸，我覺得他一定會希望我好好享受這個新的世界。」

「嗯。」夜鷹放開旺柴的肩膀，「我不該拿你當擋箭牌。」

「其實，你很在乎大家。」

「我不這麼覺得。」

「夜鷹，你不需要勉強自己……」

「如果你說的是伊韓亞，這場仗我非打不可，因為我就是想跟他決一死戰！」

夜鷹腦中閃過片段——他摸過床上那個人臉頰的觸感，但他不想讓任何人發現。

「那我要跟你一起去！」

旺柴的聲音打斷了夜鷹的思緒，他大手一揮，不想再談下去。

「不行，太危險了！」

旺柴偏偏就要追在蟲王的後面，「夜鷹，我看得出來，你沒有把握能贏！」

「……」他以為自己掩飾得很好了。

旺柴跑到夜鷹面前，把喝了一半的薰衣草奶茶遞給他，「你還當我是隊友嗎？」

夜鷹看著杯子，又看著旺柴，卻始終沒有伸出手。

「我受到攻擊的時候你保護我，你戰鬥的時候你把你的背後交給我，如果我不行，還有綠水，我們不就是那樣的伙伴嗎？」

「對啊！」綠水從旺柴背後飄出來，雖然他人影不在，但這兩人說了什麼、做了什麼都別想逃過他的法眼，「夜鷹，你別想一個人耍帥。」

夜鷹才不覺得自己是耍帥，他是捨不得，這麼沈重的事不可以交給一個孩子來做。

「旺柴，如果你受傷或怎麼樣，我會……」

「……」旺柴等著夜鷹說下去。

「我會很難過。」

「真剛好，我也是。」旺柴把馬克杯放在花台上，朝夜鷹伸出拳頭，「這就是長大的代價，你要讓我一起去，後果我會承擔，因為我不想再離開你了。」

看著旺柴對自己釋出的善意，夜鷹不知道自己還有沒有資格接受，但都已經是這麼大的人了，如果還感動落淚就太難看了。

於是他也伸出自己的手，利爪折成拳頭，和旺柴互相碰了一下。

「好～～我們一起去打ＢＯＳＳ吧！」

旺柴對天吶喊，但現場都沒有人響應他，屋外的怪物連聲屁都不放，只有他自己的回音，聽起來很尷尬。

「對了，夜鷹，我想問一下。」

「你問。」

「你跟雪豹是什麼關係啊？」

「他算是……呃……以前一個很要好的朋友。」

旺柴覺得好像有哪裡不對勁，「你們是不是有什麼過節？」

「大人的世界很複雜。」夜鷹拍拍旺柴頭上的呆毛，「你早點睡。」

夜鷹走進室內，但旺柴有預感，今晚要睡不著了。

——大人的世界啊啊啊……

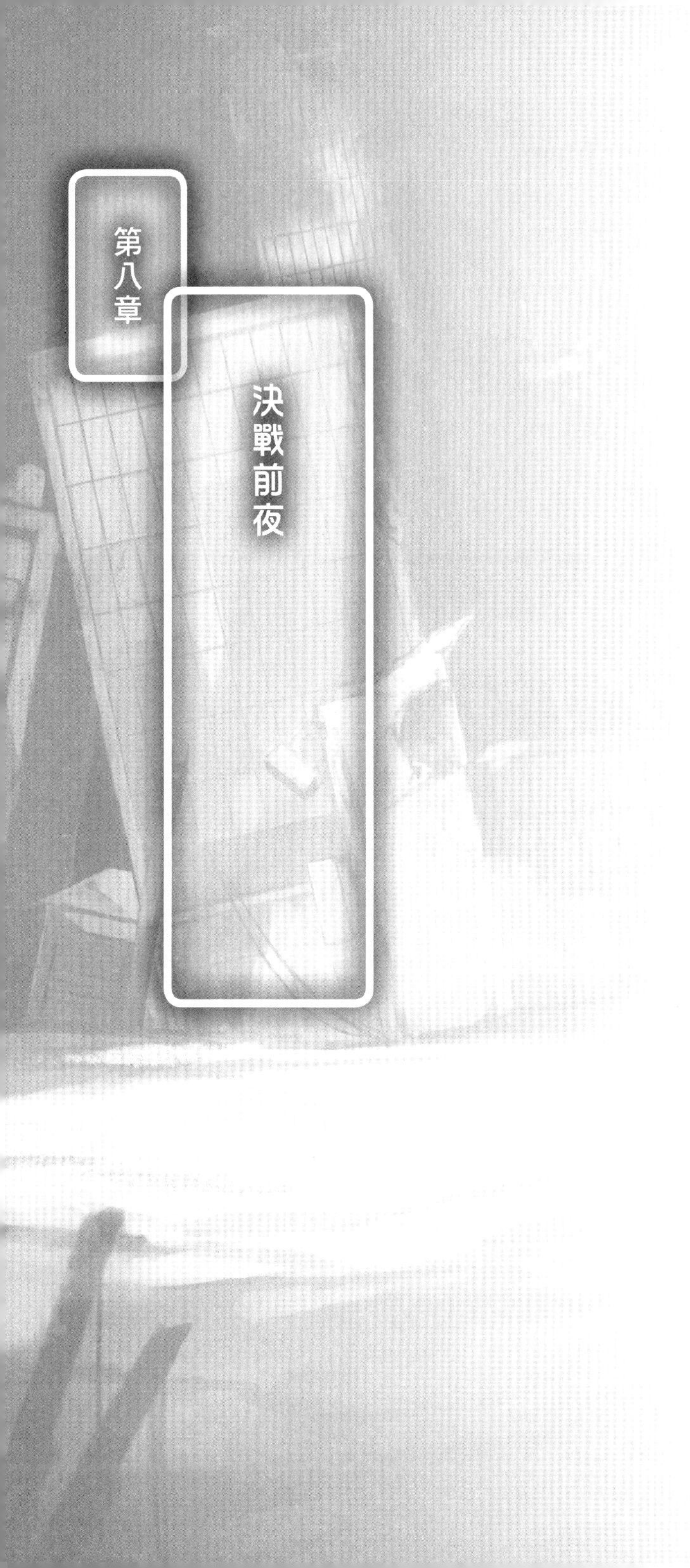

第八章

決戰前夜

翌日，一行人在客廳集合，作戰會議由綠水主持，出席者基本上只有旺柴和夜鷹，但琥珀和阿梨由於寄人籬下，還是過來聽了；雪豹一早就出門了，不知所蹤。

綠水在螢幕上打出：伊韓亞（A.K.A 那個機掰人）攻略（殺死他！）計畫。

「所謂知己知彼，才能百戰百勝，」綠水穿著西裝，手頂了頂眼鏡，他今天的造型是性感祕書，「我們對伊韓亞了解到哪裡了？」

夜鷹披著虛擬皮，在眾人眼中他是人類的樣子，但他才剛要開口，綠水一道銳利的視線就射來。

「他是殺小孩慣犯、妄想變成吸血鬼卻變不成的智障、心理變態，這些就不用說了。」綠水順便拋媚眼給琥珀和阿梨，「哼，劇情很複雜，沒有字幕妳們看不懂，但我不會停下來解釋的喔。」

兩人都很識相，沒有插嘴。

「我派出偵察蟲，發現生化人占領了以前隸屬於綠洲集團的軍火公司和兵工廠，我現在才知道綠洲集團是遠山空軍基地的承包商，他們設計了很多新型武器，不知道是想毀滅世界還是怎樣……」

「你的怪物跟機器開打了嗎？」綠水挑挑眉，他的問法不會讓夜鷹覺得挑釁。

「還沒，我的蟲群死多少都無所謂，但我不能讓伊韓亞在這時候發現我們的意圖。」

「呃……」旺柴不懂這是什麼戰術。

夜鷹解釋：「蟲群辨識人類的方法跟蚊子很像，牠們可以偵測人類的體溫、二氧化碳等等，但是生化人可以不讓自己產生這些東西，它們在蟲群面前就會變得像隱形人。」

這就是伊韓亞入侵HUC大門時，怪物都不會攻擊他的原因。

牠們「看」不到他。

「這也是人類對上怪物，不管怎麼躲都會被找到的原因。」

夜鷹順便對琥珀道，至於她要不要把情報帶回基地，夜鷹不在乎。

「我正在把我身邊的蟲群改良成能辨識生化人的品種，但一隻一隻叫過來改很花時間，而且改過的群體放出去，就有被伊韓亞發現並學習、進化的風險。」

「你不能一次改一大群嗎？一定要一隻一隻改？」綠水咂舌，很看不起這效率。

「我才剛當上蟲王，請體諒一下。」夜鷹俏皮地眨眼，「總之，我們要打伊韓亞，就要一次性消滅他，不可以讓他有學習、進化的機會，不管是生化人軀殼或AI程式都要全部幹掉。」

「從身體和靈魂給他雙重打擊，我喜歡。」綠水勾起嘴角。

「可是，要怎麼樣才能一次性消滅伊韓亞？」旺柴問。

「用你的超能力。」夜鷹篤定地道，「把你的能量全部釋放出來！」

旺柴看了看自己的雙手……

「我會製造出一種新品種的蟲群，覆蓋在有人居住的地方，擋住爆炸輻射的影響。」

「那你自己呢？」旺柴又問。

「我不會有事的。」窗外突然變暗，不知道有什麼蓋住了天空，夜鷹的影子投射在牆壁上，蟲王張開了翅膀，「這具身體是食物鏈的頂端，我覺得也是時候來驗證看看了。」

窗外恢復光亮，牆上的陰影退去，夜鷹恢復平常的表情，彷彿剛剛什麼事都沒發生。

「現在還有一個問題，」夜鷹繼續道，「我們殺光生化人的軀體，但伊韓亞可以躲進最近的一台電腦設備裡，我們也許……不，是有很大的可能性要想辦法毀掉他的虛擬世界，唯有這點……我沒有把握。」

「交給我吧！」綠水在客廳飛了一圈，一邊飛一邊灑小花。

那些花讓夜鷹想起在星河市的遊行。

「我有一個能殺死伊韓亞的病毒。」綠水從袖子裡摸索，拿出了一顆圓球。

只見他把圓球往上拋，圓球變成金色的絲線，在空中串連，變成多面立方體。結構非常複雜，有如現實世界中的——病毒。

「是那種一顆子彈就能殺死一個NPC的嗎？」旺柴問，他同時望向夜鷹。當初夜鷹就是用那種子彈殺了吸血鬼王。

第八章
決戰前夜

「這個效果更好，」綠水回答，「它可以變成任意一種武器，刀、槍、子彈當然也可以，要變成（嗶——）捅進男人的身體裡也不是不行。」

夜鷹遮住旺柴的耳朵，有未成年不宜的字彙。

「而且這是更新版的，威力足以和現在的伊韓亞匹敵。」綠水補充。

「你自己寫的？」夜鷹終於可以把手放下。

「不，是博士。」綠水垂下眼眸，默哀一秒鐘，「旺柴，你還記得我們找到博士的時候，他在牆上寫滿了計算公式嗎？」

「嗯。」旺柴點頭，他當然記得。

「我把當時的畫面記錄下來了，但當時我還來不及分析，這幾天才把公式解開。」為了不讓旺柴難過，綠水就不把自己記錄的畫面放出來了，「我發現，這是能殺死ＡＩ的病毒。」

「也就是說……」

旺柴沒想到，原來博士那麼早就有計畫了。

「我認為，夜鷹的攻略法勝率很高。」

綠水飄下來，降落在旺柴和夜鷹中間，像一道橋樑牽起了兩人。

「旺柴，你就做你最擅長的事，把一切都破壞掉。夜鷹會擋下多餘的攻擊，讓你無後顧之憂——雖然我覺得世界再毀第二次也沒差——同時，你們把我送進極樂世界公司的電腦室，我會駭入主電腦在虛擬世界放病毒。」

三人望著彼此，信任彼此。

「我們不需要人類士兵。」綠水回頭對琥珀和阿梨挑眉，就是要再刺一刀。

「妳們立刻回ＨＵＣ。」夜鷹變了一副口吻，「妳們不知道伊韓亞有多厲害，但我知道。我們暫且不清楚他在各地藏了多少具空殼，但為了不讓伊韓亞有傳輸的機會，人類要關掉所有的電子儀器。」

「那怎麼可能？」阿梨忍不住抗議。

「叫車慶媛去想辦法，如果人類不做，我的蟲群會替你們做！」

※

琥珀和阿梨回ＨＵＣ了，綠水禁止她們使用傳輸電腦，夜鷹也覺得有風險，畢竟一個按鍵送出去是很方便，但如果伊韓亞早就入侵了ＨＵＣ的電腦，或在中途攔截到這訊息，作戰計畫將功虧一簣，於是她們只能使用最古老的方式，就是口傳。

接下來幾天，眾人各有準備。

終於來到決戰前夜——

第八章
決戰前夜

旺柴掀開棉被，他睡不著，房間裡的花香漸漸淡了。
他叫出綠水，「夜鷹回來了嗎？」
綠水的ＡＩ影像飄出，「他在城外，要我聯絡他嗎？」
「不用了。」旺柴下了床，穿上大衣外套。
他走出宅邸。
他總是會想起夜鷹說過，希望能安全地走在街上，不用擔心轉角會跳出青面獠牙的怪物，因為在世界毀滅前，人類就是這樣生活的。
一隻鋸齒獸看到旺柴出門，搖著尾巴上前，但旺柴只是拍拍牠的脖子，沒要把牠當坐騎的意思。
「我睡不著。」旺柴一邊拍，一邊道：「我只是想出來走走。」
鋸齒獸趴在地上，旺柴拍拍牠的頭。
旺柴繼續走，鋸齒獸沒有跟過來。
綠水飄在旺柴身邊，一人一ＡＩ難得在夜晚散步，雖然說遠山市之前就沒怪物，都被他清掉了，但夜鷹也不准他在晚上出門，怕有漏網之魚。如今，夜鷹整天都待在城外的蟲群基地，沒時間管他。
蟲巢原本是蓋在ＨＵＣ外圍的地底下，但夜鷹覺得這地理位置他不喜歡，便想把蟲巢移到遠山市郊外。移動蟲巢需要時間，不是彈個手指就能做到的，於是，夜鷹在通往HUC的高架橋旁邊先蓋了一座臨時基地，他每天都在這邊設計、測試他發明的新怪物。

他將其命名為血源蟲。

旺柴白天才看過展示。血源蟲的外型像金龜子，數量爆多，牠們在夜鷹的指揮下能像一團紫紅色的霧氣，快速覆蓋整片天空，適應各種地形。血源蟲的外殼能吸收輻射，並將能量傳輸到蟲巢或用於自身繁殖，夜鷹認為這種回收再利用的方式，比單純的阻擋來得有意義。

但夜鷹也擔心，如此強大的生化武器如果落入其他人手裡，後果將難以預料，為此，夜鷹將血源蟲的生命週期設計得很短，牠們很容易生，也很容易死。

旺柴這幾天都在練體能，他心想，如果自己可以早上起來慢跑，那應該可以讓體力從宅男提升到普通人吧？

很可惜，他起不來。

夜鷹說，他以前在旺柴這種年紀的時候每天都晚睡早起，他已經受夠那種生活了，所以他是不會叫旺柴起床的。而綠水單純在看好戲，所以他偏不叫。

旺柴的慢跑計畫失敗，於是他叫綠水用AI的功能教他武術。綠水不知道是怎麼教的，差點害旺柴從屋頂上跌下來，是夜鷹及時伸出一隻長頸獸叼住旺柴的後領，才讓旺柴安全落地，從此，夜鷹禁止旺柴在沒有他監管的情況下做超越自己極限的動作。

但是夜鷹很忙，製作血源蟲的過程超乎他的想像，再加上，不知道是誰將蟲王能使怪物變溫馴的消息擴散出去，遠山市最近來了許多生還者。他們不是HUC的人，而是一些小組織、小家庭，在末日後獨自生存。

如今，這些人看到遠山市在蟲王的治理下恢復生機，並不在乎蟲王是不是半人半怪物，他們只想要回家。

夜鷹派出了他的副官，雷來處理生還者的事，他專心訓練血源蟲，並強化、改良牠們的基因。夜鷹會叫旺柴放一些超能力給他做測試，但旺柴沒辦法對夜鷹發動攻擊。達不到夜鷹的要求讓旺柴很挫折，他怕自己決戰的時候也一樣會失敗。

「我以前練槍的時候，才不管自己能不能打中，反正一直打就是了，總有一發會中的。」有一天在做測試的時候，夜鷹道。

旺柴很難想像像夜鷹這麼厲害的狙擊手，也有打不中的時候，「你不怕因為你打不中，讓怪物跑掉，造成更大的損害嗎？」

「所以才需要隊友啊。」

「如果我們失敗的話，怎麼辦？」

夜鷹抿了抿唇，看似一言難盡，但他臉上還是帶著微笑，「大不了，我們就跟伊韓亞硬槓，看怪物V.S.機器，一定很精彩。」

一邊想著與夜鷹的回憶，旺柴的腳步也輕快了起來，快到蟲群基地的時候，他聽到有人說話的聲音便壓低身子，躲在大石頭底下。

旺柴懷中抱著一個保溫瓶，裡面裝著洋甘菊茶，是他出門前泡的。他悄悄探出頭，看到說話的人是雪豹。

「……拜託你告訴我，你要去戰鬥的真正理由……」

雪豹穿著便服揹著槍，面對怪物型態的蟲王，臉上一點懼色都沒有。

「夜鷹，你已經收復一座城市了，你還想要什麼？」

夜鷹垂下背上的尖刺，像鳥合上翅膀，「我可以控制蟲群，但我也會漸漸被牠們影響。」

旺柴躲回陰影裡，仔細聽著。

「我不知道我什麼時候會崩潰，但參考歷屆蟲王，他們都撐不久。」夜鷹走近雪豹，「如果我沒有崩潰，我也會漸漸變得像怪物一樣，我的人性、我是誰……都將變得沒有意義。」

他想起在大床上躺著的那個人，想起自己的手指摸到他臉頰的觸感。

為了將那種感覺徹底埋藏在黑暗裡，他非做這麼做不可。

「我會變得冷酷、比現在還要殘忍，到時候我只會考慮蟲群的存續，不會管人類的死活。」

「……」雪豹搖頭，他不相信也不願接受。

「總有一天，我會徹底變成怪物，在那天到來之前，我一定要讓這個世界變安全。」蟲王的聲音低沈沙啞，就像夜鷹一樣溫柔。

但夜鷹的溫柔是一種武裝。

「雪豹，你在這裡很安全，這是我唯一可以保證的。」

「我回老家看過了，我以前住的地方沒水沒電，我連倒在門口的柱子都抬不起來。」

「那種小事，你早說就好了。」夜鷹手一揮，兩隻怪物從基地裡爬出來。

一隻像扛著大香菇的寄居蟹，一隻像放大版的竹節蟲。

夜鷹拔下寄居蟹背上的發光孢子，每一顆都有雞蛋那麼大。

「牠可以像電鰻一樣發電。」夜鷹把發光孢子交給竹節蟲，竹節蟲用細長卻堅固的爪子將孢子放回寄居蟹背上，將功能展示給雪豹看，「還有別的事嗎？」

「你要我的『祝福』嗎？」

雪豹將雙手放在蟲王的肩甲上，但他的手才剛放上去，就被委婉地推開了。

「我一個人就很好。」

「那孩子對你來說，真的就那麼重要嗎？」

夜鷹腦中閃過記憶片段，一個對他笑著的男孩、大叫著他的名字。

不管是出現在夢中或過去，那孩子都是……

「對，」他可以很堅定地回答，「我心裡只有他。」

接下來那兩人說了什麼，旺柴沒有再聽下去。他抱著保溫瓶跑出大石頭底下，逐漸遠離蟲巢。

「你不是要找夜鷹嗎？」綠水飄在旺柴身後，不理解旺柴的反應。

旺柴拉高衣領，「我想等他親口說出來。」

「說什麼？」沒頭沒腦地……自認閱人無數的綠水，真心不理解。

「我會等就是了！」

※

蟲群軍團浩浩蕩蕩地出發了。

夜鷹一反常態，他就是故意要讓大家知道城外那群怪物會聽他的命令，而且牠們今天要去戰鬥。

旺柴騎在一隻鋸齒獸背上，混入其中。即使他跟怪物沒有各種神經系統上的連結，他還是能感覺到軍團的士氣高漲，就像主人要帶狗狗出門散步，狗狗會很興奮。

一路上，蟲群除掉了幾隻生化人，旺柴發現它們都沒有臉。

「是來不及做好嗎？」旺柴問。

夜鷹蹲下來，親手翻弄著被怪物啃掉大半的殘骸，「我沒有看到出廠編號或標籤，但我認為這應該是軍用等級的。」

「你怎麼知道？」

「我聽過一種理論，越是能拋棄的機器，就越不應該做得像人類。軍用等級生化人被創造出來的目的就是作為戰爭機器，它們沒刻上人類的臉，人類才不會覺得派出去的是自己的同胞，它們純粹就是機器。」

「但我看過伊韓亞和其他生化人……都有臉。」

旺柴這還是第一次看到長得像服飾店人形模特兒的生化人，它們穿著防彈衣、戴著頭盔，遠看很像軍人。

夜鷹徒手將生化人的「無臉」撕下來，「裡面的晶片都很精密，它沒有臉，但不代表它沒有眼睛或耳朵，伊韓亞很可能已經聽到或看到我們了。」

「那怎麼辦？」

「放馬過來，反正我們都準備好了。」

夜鷹讓旺柴使用超能力，放出紫色火焰，把殘骸統統燒毀，確定晶片都融化後才繼續上路。

一行人來到極樂世界公司的總部大樓，夜鷹還記得這一帶以前是科學園區，以開發人工生命工程為主。在這裡上班的人所得高又年輕，買房、投資都不手軟，帶動周邊的房價也很高。

世界毀滅後，園區內有一些小型聚落，但在生化人像全民公敵活起來攻擊人類的當下，生還者都逃走了。

快到大門的時候，天空突然降下一陣機槍，由戰鬥機對地掃射。夜鷹將旺柴推到身後，只見他大吼一聲，發出類似於鷹隼的叫聲，一隻像魟魚的飛行怪物朝戰鬥機撞過去，天空爆出火花。

那不是人類能發出來的聲音，那一聲吼叫讓現場的怪物熱血沸騰，牠們進化出翅膀，飛上天撞擊接連而來的戰鬥機，就像地對空的導彈。

夜鷹不會讓任何一個攻擊落在有旺柴的地方，但他注意到旺柴在看他……

他意識到自己的行為已經超越人類的認知，甚至超過了任何一個超能力者的極限，但指揮蟲群戰鬥對他來說又像呼吸一樣自然，不知道該怎麼解釋。然而，旺柴沒有片刻遲疑，因為在他心裡，他已經告訴自己不管夜鷹變成什麼樣子，他都會接受。

忽然，旺柴的無線耳機收到訊號，是琥珀。

聽完琥珀的話，旺柴正想把消息告訴夜鷹的時候，卻發現夜鷹的臉色變得很難看。

夜鷹露出了「蟲王」的表情，冷酷又猙獰。

「怎麼了？」旺柴略感不安。

「我收到雷的神經訊號，遠山市出現了生化人，但它們不是從城外來的，是從城市內部出現。」夜鷹臉色一沈，「生化人在抓生還者。」

「是被滲透了嗎？」綠水雙手抱胸，臉色同樣凝重。

夜鷹突然爆出一句髒話，旺柴有點嚇到了。

夜鷹的臉色變得非常難看，幾乎咬牙切齒，一改平日的溫和態度。

「我以為生化人會從極樂世界公司產出，或是以北方城市為基地，畢竟伊韓亞曾經長時間待在那裡，所以我假定生化人如果要攻城，一定會從外部進攻。我的部隊都派駐在城外，但我忘記……綠洲集團的總部就在遠山市，如果集團大樓裡有庫存的生化人……」夜鷹沒有再說下去。

敵人就藏在自己的地盤下，夜鷹此時後悔莫及，後悔沒有在以蟲王之名占領遠山市的時候在城市內部做地毯式搜尋，順便規劃逃生路線、清點物資什麼的……他完全把ＨＵＣ的訓練拋在腦後了。

「我會派部隊過去——」

「等等！」綠水突然大叫，打斷夜鷹的話，「我的監視器拍到了……他！」

綠水放出畫面，兩人都看到了，瘋狂豪宅門外的監視器拍到一張對鏡頭微笑的臉。

那是伊韓亞！

伊韓亞像是上門來討糖果的，他的笑容讓人膽戰心驚。他比出右手食指，貼到自己的嘴唇上。

接著他側身，讓鏡頭拍到他身後有無臉生化人，正抓著剛搬來遠山市的生還者，一家四口，逼他們跪下。

當槍聲響起，綠水把聲音切斷，夜鷹也伸出大手擋住旺柴的臉。

發生了什麼事，大家心裡都有數，但旺柴沒有因為看不到、聽不到就不知道接下來該怎麼做。相反地，這堅定了他的意志。

「夜鷹，你必須回去。」旺柴拿下夜鷹擋在他臉上的手。

「不，我們按照計畫……」

「你的計畫就是跟他戰鬥，現在他找上門了。」旺柴一邊說，一邊摸著自己左手的手環，「我可以一個人進去放病毒，你回遠山市救大家。」

「你憑什麼認為我會在乎其他人？」

「因為你是夜鷹。」旺柴想起兩人在美麗新世界相遇時，他們站在浪漫的夜橋上，夜鷹把一枚戒指遞給了他，「……你是我的夜鷹。」

他俊美又強悍，不向任何人低頭，心裡時刻懷抱著希望。

他渴望改變，也只有他的聲音能改變世界。

旺柴如今體會到了，如果要把這個滿目瘡痍的世界改回來，夜鷹絕對是不可或缺的。

夜鷹才是他自己口中那個能修復世界的人。

所以如果夜鷹渴望跟伊韓亞一戰，那就去吧！

「我等你回來。」

對上旺柴堅毅的神情和溫柔的雙眼，夜鷹點了點頭。

旺柴騎上鋸齒獸，綠水飄在他身旁。夜鷹把大部隊都留下來，讓怪物跟著旺柴一起衝進極樂世界公司——只不過是放個病毒而已嘛，會有多難？

旺柴覺得自己像騎在馬上的將軍，鋸齒獸撞破了玻璃門，但就在這時，保全系統啟動，大廳出現好幾道激光雷射，怪物被削成肉塊，旺柴也從鋸齒獸背上摔下來。

「旺柴！」

綠水把雷射槍的發射軌跡和位置都計算出來，將畫面丟到旺柴面前。但旺柴只是從容地起身，拍了拍大腿的灰塵。

「不要小看超能力者啊！」

旺柴雙手各抓著一顆能量球，他的頭髮漂浮起來，身體周圍出現細微的紫色電光。他把這股能量擴散出去，瞬間炸毀了曾經科技感十足的大廳。

雷射槍當然也毀了。

「綠水，電腦室在哪裡？」

「地下三樓，往這邊。」綠水不止秀出地圖，還用箭頭投影幫旺柴指路，「我可以把路障標示出來，但我沒辦法關掉保全系統。」

「沒差。」旺柴霸氣地邁向前，看到角落冒出生化人的無臉，他隨手拋出能量球，「反正我全都會破壞掉！」

第九章

沐浴在自由的陽光下

遠山市——

走在熟悉的街道上，夜鷹路過當年的蛋糕店，卻看到街邊躺著屍體，面無表情地走過去。

他看到伊韓亞就站在馬路上等著他，還是那一身暗紅色的長袍，好像血黏在上面洗不掉。

風呼嘯地吹，夜鷹意外發現空氣中竟然沒有臭味，沒有血腥味或屍臭味，或是子彈的硝煙味和汗味，馬路空曠得不像戰場，附近都沒有人。

是被殺光了還是跑光了，夜鷹就不想深究了。

他一步步走向伊韓亞。他知道附近一定埋伏著生化人，所以也在大樓陰影裡布置了蟲群的部隊，但從收到雷的訊號開始，他就沒有感應到有蟲群在遠山市被殺，他不得不佩服伊韓亞的策略。

伊韓亞肯定是知道不管蟲群死多少都死不足惜，但只要有人類被殺，他或旺柴就至少有一個人會被觸動到。

他已經搞不清楚究竟是他想見伊韓亞，還是伊韓亞想見他了。

「你徹底換了一個新造型啊！」伊韓亞像遇到好久不見的老朋友，自若地閒話家常。

夜鷹先是嘆了一口氣，無奈地笑了，「這年頭為了保命，我們都不得不付出代價。」

「旺柴好嗎？」伊韓亞突然問。

「你什麼時候關心起他了？」

「他沒有缺了一隻手或腳吧？」

「我會先把你的手腳扯下來！」

夜鷹伸出利爪，朝伊韓亞揮過去，蟲群也對生化人張開血盆大口，就像牠們以前啃食人類一樣。

四周響起槍聲和怪物的咆哮，尖牙利爪對上刀劍槍砲，怪物和生化人在陰影處廝殺，在斑駁的大樓裡打來打去。

夜鷹藉著身體上的優勢，認為自己的速度一定在伊韓亞之上，但伊韓亞卻從袖子裡抽出銀色長劍，以力借力，將夜鷹的爪子撥開。

電光石火間，兩人的眼神交會，伊韓亞臉上少了猙獰、多了冷靜，那份猙獰卻轉到夜鷹身上。夜鷹彷彿恨不得一爪子就把伊韓亞劈死，動作簡單粗暴。

但伊韓亞不只躲過了蟲王的利爪，他再合併一個轉身，在長袍袖子像圓舞曲一樣掀起來的時候以長劍刺向夜鷹，動作毫不拖泥帶水。

夜鷹不逃也不躲，因為這種程度的攻擊根本沒有閃躲的必要。

劍尖刺在腹肌的鱗片上，尖端被折斷了。夜鷹抓住劍身，大手一扳，銀劍再斷成兩截。

他隨手扔掉斷劍，臉上充滿了不屑，因為戰鬥的技巧是弱者才需要的，當他的身體有如金剛不壞之身，他怎麼還會需要靠技巧來以小博大呢？所以，他連用斷劍來攻擊伊韓亞都嫌多餘。

伊韓亞瞥了自己手上的斷劍一眼，也把它扔了，「夜鷹，你變了。」

「誰不會變呢？」夜鷹冷冷地反問。

「我比較喜歡你現在這個樣子。」

「沒什麼喜不喜歡，有誰是喜歡現在的處境才變成現在這個樣子的？」

「和你交手，讓我了解到一件事……」伊韓亞抽掉披風的繫繩，讓它隨風飛去，「那就是，你讓我變得更強！」

夜鷹心知肚明，但這番話從伊韓亞口中說出來還是讓他很不爽。他發瘋似的朝伊韓亞攻擊，伊韓亞卻像能預測他的動作軌跡，每一下都躲過。

夜鷹不得不放棄以蠻力取勝的想法，腦中憶起以前練習過的格鬥技巧。他以背後的翅膀作為輔助，對伊韓亞使出一記掃腿，伊韓亞勉強躲過了，但夜鷹又用翅膀從反方向對伊韓亞來個雙面夾擊。

伊韓亞來不及閃躲，被翅膀的尖刺劃破肌膚，空氣中掉落微米大小的金屬碎片。那是構成生化人身體的元素，被破壞的同時就會啟動修復機制，伊韓亞的下顎稜線只留下髮絲般的細痕，一眨眼就不見了。

伊韓亞伸手摸著自己的臉頰，彷彿依稀間，能夠想起什麼觸感……

但有些感覺太過縹緲又過於陌生，很容易就會被忽略掉。

夜鷹張開蟲王的翅膀，擺好雙拳雙腿的架勢。他不敢輕敵了，即使他知道伊韓亞是一個會學習、進化的ＡＩ，但在見到伊韓亞的那一刻，他不免因為自己有了一副打不壞的身體，體會到什麼是驕傲自滿。

那是一種有如毒癮的感覺。

他以為自己很強了，可以不用任何戰鬥技巧，但被躲過一次、兩次他就察覺到不對勁，是他小看了伊韓亞，小看了ＡＩ。

還好，他懂得懸崖勒馬，不讓自己的驕傲膨脹下去。

理智上來說，拿自己的身體跟伊韓亞硬槓是沒有用的，他們兩人只會像交纏而沒有盡頭的雙股螺旋一樣，不斷學習、進化、學習又進化，永遠沒有分出勝負的一天，除非……

夜鷹提醒自己，他們還有計畫，他不是獨自一人作戰。

他再次朝伊韓亞攻擊，這次，他揮出的是拳頭。

只見伊韓亞也擺出拳法陣勢，四兩撥千斤地把對方的攻擊撥掉。他的動作像在打太極，夜鷹的攻擊越猛烈，他的就越像行雲流水。

幾招下來，夜鷹雖然覺得有點奇怪，伊韓亞什麼時候變得這麼厲害了？但伊韓亞是ＡＩ，從這個角度來想，伊韓亞要使用大數據囊括古今中外的拳法套路，再把這些動作刻印在生化人的身體裡，就像按一個按鍵一樣簡單。

伊韓亞之前沒有這麼做，可能是因為他還不了解生化人的身體，或他不了解AI在現實世界有多厲害。但如今，夜鷹深刻地感受到了，伊韓亞總是能比他快零點零一秒。伊韓亞不見得有預測未來的能力，但伊韓亞能掃描、分析他的身體，從他身體肌肉的動作來判斷拳頭會落在哪個位置，並控制生化人的身體去接下那一拳！

夜鷹打出的拳頭，正好落在伊韓亞交疊起來的手掌中間。伊韓亞的身體被推得往後移，但他的雙腿穩穩站著，他用一雙冷漠的冰藍色眼眸看著夜鷹，看到夜鷹怒氣沖沖的金色眸子裡，有他的倒影。

在那一瞬間，兩個人的立場好像顛倒過來了。

就像是夜鷹被困在一具他不想要的身體裡。

有那麼一瞬間，伊韓亞發現自己冒出了同情的念頭，但他很快就把剛萌芽的念頭連根拔起。他收掌，對夜鷹掃出長腿，夜鷹如他預想的躲過了，但他很快又藉由轉身迴旋的動力讓自己躍起，腿也掃向夜鷹的臉。

伊韓亞沒有踢到夜鷹，因為夜鷹背後的翅膀幫了他一把，整個人像被一股無形的力量往後拉，並趁伊韓亞還沒收腿的電光石火間，精準地抓住伊韓亞的腳踝。

伊韓亞穿著褐色的小羊皮靴，他在抬腿的時候，一截小腿從長袍底下露出來，但夜鷹還來不及看清長袍和腿的陰影處，伊韓亞就用自己沒有被抓住的那條腿搭上夜鷹的手臂。

伊韓亞用腰往前頂，雙手鎖住夜鷹的喉嚨。夜鷹像被一隻巨大的寄生蟲攀住他的上半身，他想把伊韓亞抓下來，但伊韓亞不斷在刷新生化人身體的極限，關節彎曲的角度已經不是人類能做到的了。

「呃……啊啊啊啊！」

夜鷹的脖子上的青筋爆起，生化人的手臂像蟹螯一樣夾了就不放開，他只好張開背後的尖刺，刺入伊韓亞的手臂、大腿和身體裡。

伊韓亞的身體流出黑色的體液，面孔也變得猙獰，但他仍然不放開夜鷹。就在夜鷹覺得自己快要沒有呼吸的時候，背後的翅膀一施力，尖刺攪斷了伊韓亞的四肢。

伊韓亞從夜鷹身上摔下來，手腳變得支離破碎。夜鷹很快抓住伊韓亞的脖子，五根手指頭伸出尖刺，以能刺穿心臟的長度扭斷了伊韓亞的脖子。

「哈……哈……」

夜鷹不斷喘氣，看著伊韓亞人頭落地。

但是，好像有哪裡不對勁……？

伊韓亞這麼快就被自己打倒了，所以有種空虛感嗎？不，不是……是真的，有哪裡不對。

夜鷹快速回想自己在ＨＵＣ大門前和伊韓亞戰鬥的情景，再比對眼前的斷肢殘骸……他立刻蹲下來，檢視伊韓亞的「身體」。

他撕開礙事的長袍，用利爪把生化人的皮膚抓下來。

裡面布滿晶片，但那能自主修護的黑色液體金屬的容量非常少。他把伊韓亞的頭撿起來，脖子的斷裂面也有黑色液體金屬，但它們缺少流動性，沒有為了修復主體而匯聚在一起。

「次級品嗎？」

不……這只是一具軀殼。

伊韓亞沒有死，他只是捨棄了一具壞掉的軀殼，他的本體ＡＩ一定傳送到附近的生化人身體裡了，但是，在哪裡呢？

夜鷹立刻啟動蟲王的能力，透過怪物的眼睛探知周圍，忽然，他聽到一個聲音……

「你讓我變得更強。」

夜鷹收回蟲王的探知能力，因為他突然感到一陣毛骨悚然。

所有生化人都開口說話了！

那些與怪物們打得不可開交的生化人——沒有臉的戰爭機器一邊對怪物開槍，一邊把刀刺進牠們的複眼，又一邊將把頭扭向夜鷹所在的位置。它們全部發出機械語音，有如詭異的和聲共鳴。

「為了感謝你，我準備了一份禮物，讓你切身體會到我的仁慈……」

夜鷹怔怔地轉頭，在他看到那個男人出現的時候，他覺得自己的世界彷彿再一次崩塌了，就是有這麼絕望。

那高挑的身材、健壯的臂膀，如子夜般漆黑的頭髮，配上神祕的美麗金眸。

男人穿著ＨＵＣ的野戰軍服，手上端著狙擊步槍。他曾經是人們的希望，因為當生還者看到ＨＵＣ的軍裝，就知道救援來了。他也會用溫柔的口氣安慰生還者說不會有事的，我們會戰鬥到底，我們會救你。

男人俊美的臉龐帶著自信的微笑，他的槍法神準到令人嫉妒的地步，眼神溫柔卻帶著一絲憂鬱，彷彿把身後人們的性命也一肩扛起了。他珍惜隊友的性命，他的這份重視傳達到眾人心裡，大家也願意跟他一起戰鬥。

所以，他身後跟隨著遠山市的生還者，包括出現在綠水的監視器裡，應該已經被伊韓亞殺掉的那一家四口。

他就是維和部隊第八團的狙擊手，代號：夜鷹。

「蟲王在那裡！」假的夜鷹大吼，「他的部隊已經被制伏住了，我們要奪回屬於人類的城市！」

「喔喔喔喔！」

他一呼百應，軍用生化人一瞬間換上ＨＵＣ的制服，站到生還者這一邊。

生還者手上拿著各種武器，攻擊那些不會還手的怪物，其中還有超能力者對怪物放技能。

原本渺無人煙的大馬路瞬間變成混亂戰場，夜鷹感應到蟲群的神經訊號，那讓他一時站不穩，跪在地上。

「啊啊！」

蟲群的神經信號和蟲王的指令是相衝突的，在蟲王率兵攻擊ＨＵＣ的時候，蟲群就是臣服於王，牠們受王指揮、為王而戰，但那僅止於一個前提下。

那就是，蟲王必須保證群體的存續。

蟲王至今為止的每一場戰役、每一個決定雖然有一些犧牲，但都不會把蟲群推向滅亡邊緣，牠們非常樂於被這樣的主人牽著走。

然而，人類大肆屠殺蟲群，蟲群在能明確辨識敵人又不能還手的衝突下，將這份衝突的信號灌進夜鷹的腦袋裡。牠們在逼他做選擇。

「啊啊……」

夜鷹知道，伊韓亞這一招也在把他逼上絕境。

如果他率領蟲群反殺人類，他就會失去自己屬於人類的那一面；如果他任憑人類把城市裡的怪物殺光，他就會失去控制蟲群的能力，因為他沒有把群體的存活擺在第一位，蟲群不需要這樣的王，他極有可能會被蟲群的力量反噬。

他無力地跪倒在地，背後的尖刺癱軟地垂下，被神經訊號灌滿的大腦有如過度運載的處理器，就快要承受不住了。

「你喜歡我的禮物嗎？」意識朦朧間，他彷彿能聽到伊韓亞的聲音，如枕邊絮語掐住他的胸口，「**他**是你失去的一切，也是你得不到的未來。」

假的夜鷹朝蟲王走過來。

他的每一步都像在嘲諷跪在地上的蟲王，那醜陋不堪的非人外表受制於一股外來力量，只能痛苦地抓著自己的頭。

「你的人性、你是誰，在這一刻都變得沒有意義……」

「啊啊啊！」

假的夜鷹額頭上有一道傷口，貼著簡陋的紗布，紗布底下滲出暗紅色的血痕。

夜鷹看到那個東西就知道了，自己完全被伊韓亞擺了一道，因為只要流出跟人類一樣的鮮血，人類就會把「它」當成同類，他們不會切開「它」的身體，看到裡面的液體金屬和晶片。

而對一個會進化的ＡＩ來說，他已經掌握了極樂世界公司的電腦和技術，要修改生化人的身體，讓它流一點紅色的血又有什麼難的呢？

「我不會讓你死得太容易……」

夜鷹彷彿能感覺到伊韓亞的幽魂，那冰冷的手臂正環繞著自己的脖頸。

他們都被困在一具自己不想要的軀體裡，因為太痛苦了，實在是太痛了！

蟲王激動大吼，他的吼叫喚來了媲美戰鬥機的飛行怪物，對地面發射酸蝕砲彈。夜鷹馬上意識到自己做了什麼，又立刻控制怪物群體，以肉身堆疊，替人類擋下酸蝕砲彈。

控制怪物去打怪物，如此衝突的決定讓夜鷹再一次承受著神經訊號的刺激。他的後腦勺長出白色蟲絲，像是硬要重新將他接回巢穴，他趕緊把「信號」拔斷。

怪物突然開始反擊，跟人類打在一起，生化人卻在這時候倒戈，故意隱藏起相似於人類的生理訊號，讓怪物在盛怒之下來不及分辨。

怪物對人類橫衝直撞，生化人卻躲了起來，一隻雷牙獸衝過來，直接撞毀一棟樓，足下都是肉末泥濘。

突然有砲彈的聲音、規律的槍聲，夜鷹甫一轉身，馬路盡頭出現戰車。

HUC的軍隊來了，生還者像看到了希望。

夜鷹卻大感不妙，「我不是叫他們躲在基地嗎？」

夜鷹立刻試圖連接雷的神經訊號，「雷！雷！你立刻趕去極樂世界公司，通知旺柴暫停計畫……雷？」

他失去了雷的神經訊號。

「蟲王」的腦袋裡是安靜的，夜鷹頓時感到不寒而慄，因為他空有一副蟲王的軀殼，卻沒辦法控制蟲群了。

「我該……我該怎麼辦……如果旺柴在這時候放技能……我沒辦法……」

如果他沒辦法控制血源蟲，旺柴的超能力又有毀天滅地的能力，那所有暴露在遠山市街道上的人類都會……

「這都是我……我……我的錯……」

突然一顆砲彈射過來，攻擊目標就是蟲王，夜鷹整個人被炸飛出去，但他的身體沒事，蟲王的變異保護了他。

他從碎石堆中爬出來，怔怔地看著馬路上的混戰。

軍人熟練地殺怪，怪物也習以為常地張開血盆大口，生還者敗逃，但怪物沒給他們生還的機會。

都是他要挑戰伊韓亞，才會引來這麼多傷亡。在這一刻，他感受到了徹底的失敗。

不管怎麼努力都……不會有轉機的，世界該毀滅第二次了。

「夜鷹！」

由遠而近，夜鷹聽到了有人呼喊他的聲音。

「夜鷹，快站起來啊！」

伴隨著呼喊，槍聲如雨降臨。在灰塵煙霧裡，夜鷹看到雪豹正在對自己以前的同袍開槍。

雪豹穿著便服，拿著步槍，他也許沒有夜鷹的精準能力，但多射幾發子彈總是會中的。

「夜鷹！」雪豹跑到夜鷹身邊，抓住了「蟲王」的臂膀，「你搞什麼？為什麼蟲群都失控了？」

「……」夜鷹雙唇顫抖，幾乎講不出話。

「我收到琥珀聯絡，她說『夜鷹』出現在ＨＵＣ，把車慶媛下令解散的軍人都聚集起來，帶到遠山市！還有這個……」

雪豹抬頭，夜鷹也跟著抬頭，兩人頭上盤旋著空拍機。

『Ladies and Gentlemen，大家久等了！』熟悉的主持人吶喊從不知藏在哪裡的麥克風傳來，『你想家嗎？我想家嗎？我們都好想回家啊啊啊啊！』

空拍機把蟲王狼狽的模樣及他身邊的一個人類叛徒，都傳回ＨＵＣ的大螢幕了。

『ＨＵＣ的英雄、打不死的男人，夜鷹回來了！他即將帶領我們收復遠山市，大家之後都可以回家了——！』

主持人激動大吼，那回音很可怕，夜鷹覺得頭好像又開始痛了。

『眾所周知，邪惡的蟲王占領了ＨＵＣ的軍營，把軍方高層像蛋糕上的草莓一樣扠起來，夜鷹能不能殺死蟲王，拯救人類呢？讓我們繼續看——』

雪豹受不了了，一槍打爆空拍機。

「這是怎麼回事？你振作一點啊！」雪豹蹲在夜鷹面前，他從未見過夜鷹如此失魂落魄的模樣，而且還是在戰場上，「夜鷹！」

「我不能控制蟲群了。」

「什麼？」

「你必須躲起來……回旺柴家，從廚房後門出去，有一個巴克萊雅博士以前用的地下室，那裡可以阻擋輻射……」

「夜鷹，你聽好，我們按照計畫進行，旺柴等一下就會放出超能力和病毒消滅所有的生化人，你必須要控制血源蟲，擋住多餘的爆炸輻射，不然會有很多人死掉。」

「我不能控制蟲群了……」

「那是你的超能力，它不會隨便消失的！你給我站起來！堂堂一個能統治世界的蟲王，這樣能看嗎？」

「我是被蟲群選上，被改造成蟲王，那從來就不是屬於我的力量……」

「那就把它搶過來！」

雪豹單手按著蟲王的肩甲，他可以感受到當他把手掌貼上蟲王脖子上的鱗片時，底下有脈搏在跳動——那不是跟人類一樣的嗎？

「我必須要跟你道歉，夜鷹，我錯了。」

「……」夜鷹不解地望著雪豹。

「我以為你向邪惡力量臣服，變成半人半怪物的模樣，但我從沒想到這是你活下來的手段。」

夜鷹腦中閃過記憶片段——他被怪物啃咬、拖入巢穴，正常人是不可能活下來的，除非他被改造成更強的型態，一具不會損壞的身體、一副……能讓蟲群臣服的模樣。

雪豹單手摟著夜鷹的脖子，將自己的額頭靠在夜鷹的額頭上，「夜鷹，你聽我說，**那個人**不是你，是伊韓亞，一個披著人皮的惡魔。他盜用你的身分，正在把信賴你的人都推入火坑。」

「……」夜鷹看到雪豹背後有槍口的反光閃過。

「如果不除掉他，世上就沒有一個地方是安全的。你不是想要安全地走在街上嗎？我一直記得，那是你的願望。」

砰——

狙擊步槍的槍聲響起，夜鷹對那聲音再清楚不過了。

他不能控制蟲群，但他控制自己的身體張開蟲王背後的尖刺，為雪豹擋掉了來自背後的狙擊。

雪豹聽到槍聲後回頭，看到生化人夜鷹正端著槍，面無表情。

生化人夜鷹背後有新的空拍機，但夜鷹推開雪豹，對這個長得跟曾經的自己一模一樣的男人伸出了利爪。

「你說的對……」硝煙四起，夜鷹身上閃動著紫紅色的微光，「如果不是我的力量，搶過來就好了，如果不是我的部隊，讓牠們臣服就好了！」

紫紅色的極光從他手中打出去，被打中的怪物變得溫馴，但夜鷹也同時控制一隻雷牙獸，掀翻了裝甲車。

蟲王崛起，蟲群響應。

像鰻魚的怪物從馬路中間冒出來，含住砲彈；白猴怪跳到軍人身上，一群人就嚇得拿槍亂射；鋸齒獸打亂軍人的防守線；飛行魟蝠解決戰鬥機。怪物發出戰吼般的咆哮，軍人被打得節節敗退，躲在角落裡的生化人也被抓了出來。

生化人夜鷹望向蟲王，從那個眼神，夜鷹就確定了……是伊韓亞！

「我就知道你在那裡，『我』這麼重要的角色，你不可能讓別人來演！」

夜鷹衝向伊韓亞，伊韓亞還想用夜鷹以前使用過的招數，以狙擊步槍的特殊金屬槍身做近戰攻擊，但夜鷹直接用蟲王的利爪把槍劈成兩半。

「你讓我變得更強，這句話要回送給你。」夜鷹抓住伊韓亞的脖子，高高舉起。

在外人看來，是蟲王抓住夜鷹的脖子，但夜鷹不在乎了。

蟲王的身高超過兩公尺，比以前的夜鷹還高大，他背後那像翅膀的尖刺張開，把射向他的子彈統統彈開，順便打壞空拍機。

「哈哈哈哈……」伊韓亞用生化人夜鷹的嘴巴笑起來，連聲線都一樣。

「有什麼好笑的？」

「我沒想到，你會跟我一樣。」

風吹掉他額頭上的紗布，血紅的傷口被黑色金屬覆蓋，皮膚立刻修復。

伊韓亞也不演了，完全暴露出假夜鷹就是生化人的事實。

「我不想讓你死得太容易，因為我要讓你嚐到我的憤怒與孤單，但是你好像已經嚐到了啊……這才是你真正的樣子嗎，夜鷹？」

「你到底想要什麼？」

在製造了這麼多傷亡後，夜鷹不覺得伊韓亞只是針對他或旺柴而已，伊韓亞的憤怒之火已經擴散到了城市內外，影響著每一個知道或不知道他的人，他聲名遠播，雖然是不好的那一邊。

「我要所有人都跟我一樣！變得像我一樣悽慘！」

伊韓亞嘶啞大吼，但夜鷹只是冷冷地看著他。

「是你讓你自己變成這個樣子的，我沒辦法同情你。」

夜鷹一爪子刺進伊韓亞的胸膛，指爪穿破ＨＵＣ的軍服。

伊韓亞的胸前沾滿黑色液體金屬，它們正以奈米分子的修復技術包裹傷口，同時也把夜鷹的指爪都包了進去。

伊韓亞抓住夜鷹的手腕，手指緊緊抓住蟲王護腕上的尖刺，「我會回到美麗新世界。」

「什麼？」夜鷹一愣。

「那裡有一個人，我一定要見……」忽然，伊韓亞的表情變得呆滯，「你真的以為，我不知道你們的計畫嗎？」

從東方冒出一道綠色閃光，信號來了。

夜鷹發動蟲王的力量，從巢穴飛出大片的血源蟲覆蓋住天空。

血源蟲形成一座座小碉堡，把街上的人類困在裡面，雪豹趴在地上，發現自己也被單獨困在一個圓形的殼裡。那殼是由無數隻血源蟲堆疊而成的，他不能看到外面發生了什麼事，但當他將手伸向殼裡唯一的縫隙時，光亮險些灼傷他的手。

血源蟲不斷繁殖、堆疊，很快，殼裡便一點縫隙都沒有了，裡面是完全的黑暗。

所有人都躲在黑暗裡，電子儀器都壞掉了，城市被大量的蟲子覆蓋，唯有夜鷹站在光裡，沒有人看見他此時的模樣。

那光照在伊韓亞身上，強烈的輻射能量讓生化人沒辦法自我修復。

伊韓亞身上的黑色液體金屬不斷流出來，它們變硬、變脆，伊韓亞的皮膚也變得像吸血鬼照到陽光，不斷破裂、燃燒，最後整個人化為灰燼，消失在光裡。

其他生化人也被燒死了。

蟲群也有所犧牲，畢竟血源蟲數量有限，蟲王的功力還不到位。但血源蟲可以吸收能量繁殖，數量一多就能覆蓋到怪物身上，蟲王仍能保下他的群體，讓群體存活。

夜鷹慢慢轉過身來。他不需要血源蟲覆蓋他，他的身體在這道光下完全沒有變化，反而還能張開眼睛，像一個沐浴在陽光下的少年，感受到不被歧視的自由。

他獨享著這光與熱，內心充滿了喜悅。

因為他知道計畫成功了。綠水放了病毒，旺柴一次性放出強大的能量，這個世界上再也沒有伊韓亞能躲的空間了。

夜鷹抬起頭，忽然皺眉，因為他看到天空出現閃爍不定的殘影，好像是一座城市？

城市的天際線看起來像遠山市，但大樓的外牆都是完好的，彷彿是世界毀滅前的樣子。

夜鷹不明白天空怎麼會出現這景象，但現場只有他一個人還能睜開眼睛，能站在光裡，所以也只有他能看到。

漸漸地，光亮減弱，最後消失，飄浮在空中的城市投影也不見了。

血源蟲仍覆蓋著，夜鷹沒打算那麼快解除。

他漫步在遠山市的街道上，八年來第一次覺得很安全。

第十章 無論如何都想見到的人

夜鷹趕到極樂世界公司的總部大樓，但這裡已經沒有「樓」的影子了，全部夷為平地。

他走在碎石之間，喜悅的心情逐漸被謹慎取代。

「蟲王。」

雷跟在夜鷹身後，像彈珠一樣的大眼睛看起來很萌，但夜鷹不想理這個背骨仔。

「附近都沒有偵測到生命反應，除了一個。」

從蟲群的角度來看，雷會切斷他的指揮系統，並試圖將他連接上蟲巢是很正常的，因為雷是一隻蝴蝶擬人的怪物，他是蟲群的一份子，他想要蟲王回歸，為此使出手段太正常了。但從人類的角度來看，自己的副官臨陣倒戈還切斷通訊，根本就是叛徒！

夜鷹大步走，突然看到一個倒在地上的少年。

「旺柴！」

夜鷹跑上前，在抱起少年之前不忘收起指爪，但少年閉著雙眼，好像睡著了。

「旺柴？」

夜鷹摸了摸少年的臉，發現他呼吸急促，眼皮底下不斷轉動。

夜鷹想起ＨＵＣ教的。對付超能力者的方法就是等他們能量耗盡，但如果旺柴是因為能量耗盡、身體進入休眠狀態，那他的眼球和呼吸不應該是這種頻率。

而且四周很安靜，太安靜了。

「旺柴……綠水？」夜鷹敲了敲旺柴左手腕上的手環，但美人ＡＩ沒有反應，綠水沒有影像也沒有聲音，這不對勁。

「蟲王，我們贏了嗎？」背骨仔還在旁邊吵！

夜鷹啟動蟲王的能力，他的手指冒出紅色微光，拂過旺柴的臉，又看到旺柴身邊掉著連接虛擬世界的裝置……

他急忙抱起旺柴，「回蟲巢！」

※

蟲群裡一陣騷動，但蟲王的氣勢都把雜音壓下去了。

夜鷹抱著旺柴走進培養池，蟲絲馬上貼上來，像為王穿上銀白色的披風。

他輕輕把旺柴壓進池子裡，直到半黏稠的培養液覆蓋住旺柴的身體，蟲絲也貼了過來。他深吸一口氣，抱著旺柴沈下去……

夜鷹回到辦茶會的森林裡，桌邊的生化人軀殼都不見了，唯有蛋糕和茶依舊那麼香。

夜鷹變回人類的外表，穿著黑色的皮革長大衣，因為這裡是虛擬世界，他可以是自己想像中的任何樣子。但他沒時間欣賞，他打開主選單，叫出所有的「門」，一一檢視。

「在哪裡……你們在哪裡……」

雖然不知道綠水是怎麼搞的，但夜鷹透過蟲王的能力感應到旺柴被連接到虛擬世界了。極樂世界公司的電腦全都被炸毀，連線裝置也壞掉了，夜鷹能想到的就是利用培養池和蟲絲，重新跨過現實與虛擬的界線。問題是，他不知道旺柴被連接哪一個「領域」。

「夜～鷹～！」

突然一道開朗的少年聲音，讓夜鷹不禁回頭。

「你怎麼這麼久才來？我一個人好無聊！你那五十七個回憶，我都破關了，與其叫五十七個回憶，我覺得還不如叫五十七道陰影，到底誰會把自己殺貓的過程做成遊戲……哎呀，我劇透了嗎？」

「……」夜鷹瞪了少年一眼。

少年有一頭非常二次元的淺藍色頭髮，耳朵尖尖的，戴著一整排耳環，看起來像個叛逆精靈。他穿著宮廷風的冒險者服，像綠水一樣飄在半空中，長相跟被蟲王囚禁在樹裡的少年一模一樣。

「鍾家禾，你有遇到陌生人闖進來嗎？」夜鷹問。

「不要叫我的本名！我的代號是雷電將軍！」

第十章
無論如何都想見到的人

「隨便。」夜鷹沒有陪公子玩的心情。

「他問我在這個世界上還有重要的人嗎？我說有，我兒子——噢，真是太令人感動了，我媽媽哭了嗎？她哭了嗎？她現在是ＨＵＣ的最高領袖，蟲王還幫她解決了長年臥病在床的兒子，她真的很聰明，站對邊了耶！」

夜鷹嘆了一口氣，這名少年就是車慶媛的兒子，鍾家禾。

「我現在沒有時間陪你，你先不要吵我好不好？」

「你忙什麼？你是統治天下的蟲王耶，幹嘛像工具人一樣……噯，你做一隻魔龍給我好不好？我要能飛天遁地，超帥的那種！從今以後，你就是利維坦，簡稱小維，臣服於我吧～哈哈哈！」

夜鷹正忙著。

「夜鷹！」鍾家禾把夜鷹面前的「門」統統踢開，「我好無聊！」

夜鷹不知道怎麼應付這種類型的孩子，「鍾家禾，我現在真的沒空。」

「大部分的人會沈迷於虛擬世界，是因為虛擬世界裡充滿了無限的可能性，但你的虛擬世界無聊到爆……喔，對了，你真的對雪豹說想拉小提琴隨時都可以拉，是你自己要放棄的——你真的說過這麼沒同理心的話？」

夜鷹不想理鍾家禾，他正在靠蟲絲感應「門」後的地圖，但至今都沒有發現異常之處。他的領域裡沒有人闖入，或是闖入了但只是經過，如果是後者的情況，那從這裡經過之後會到哪裡去呢？

「夜鷹，美麗新世界在哪裡啊？」

「什麼？」

「美麗新世界。我聽說有很多好玩的，各式各樣的冒險、地形，城市有很多活動可以探索，反正不管怎麼樣都比『夜鷹的五十七道陰影』有趣。」鍾家禾在空中攤了攤手，卻注意到夜鷹的眼神，「你幹嘛那樣看我……」

「你真的沒有遇到我以外的人嗎？」

少年無辜地聳肩，「……我以為他們是ＮＰＣ。」

「你遇到誰了？」夜鷹忍不住大吼。

「呃……」少年有點愣住，「就……就有一個人說，美麗新世界會成為真正的世界，虛擬的國度會降臨，虛與實的界線會被一股強大的能量打破……」

「能量？」

「老實說，我也不確定我遇到誰了，對方的影像很模糊，我只知道不是你或雷。」

「能量……」他想通了，線索都連起來了。

他以為旺柴的超能力是毀滅一切，但其實不是。

毀滅發生在新生之前，沒有把陳舊的東西清除掉，新的東西就不會有建立的空間。

綠水曾說他的身體數值在改變，雖然當時他不願正視這件事，但如果不是這具有別於常人的身體，他不一定有機會在蟲巢活下來。

遠山市被植被覆蓋，瘋狂豪宅裡的月季花也長成了一整面牆，他是第一位能創造蟲群與人類溝通橋樑的蟲王，綜觀以上來看，旺柴的能力不是破壞……

正好相反，是創造。

他被旺柴的輻射影響，也獲得了創造的超能力，這份超能力被蟲群看上，因為牠們正需要一位能創造新基因、新物種的王，雷才會一直說「生物多樣性」。

他在天空看到的城市景象可能是因為旺柴的能量太強，以致於撕裂了時空，所以看到了平行世界的遠山市或是過去的遠山市。

旺柴打開了一個連接虛與實的通道，那正是伊韓亞要的。伊韓亞想要回到美麗新世界，但美麗新世界已經被旺柴炸毀在自家地下室了，他剩下兩個選擇，一是找回美麗新世界的原製作人巴克萊雅博士，二是透過博士的兒子，利用旺柴的能量重新塑造一個美麗新世界，並開啟連接兩個世界的通道。

「他說他有一個想見的人，那個人是誰呢……吸血鬼王？」

夜鷹的腦袋快速思考著，他覺得自己就快解開謎底了，但有一道鴻溝始終跨不過去。

旺柴和伊韓亞（可能還有綠水）一起被傳送到「美麗新世界2．0」，但美麗新世界的地圖很大，他們會去哪裡呢？

「對美麗新世界最熟的人是旺柴，他玩了好多年，所以伊韓亞才……」帶走了旺柴。

他能在現實世界中保住旺柴的身體，但旺柴的靈魂沒有被喚醒，那就只是一具空殼。

「我該怎麼辦……我要去哪裡找你……」

夜鷹無力地跪在草地上。他抓著自己的頭，想破腦袋也不知道要怎麼打開連接美麗新世界的通道。他不是ＡＩ，人腦仍是有極限的。

「抱歉，夜鷹，我沒幫上忙……」看到夜鷹頹喪的樣子，鍾家禾來到夜鷹身邊，「你還好嗎？」

「……」夜鷹搖了搖頭。

就在這時，天空飄下鵝毛白雪，輕輕地落下，沒有聲音。

夜鷹察覺到些微的涼意，他抬起頭，不懂自己創造的領域怎麼會下雪，但雪花落在他掌心，手裡的溫度讓雪融化成水。

他起身望向天空。森林上方是陰鬱的雲，這裡一直都是陰天，但雲層變得像螺旋一樣旋轉，並隱隱約約從中裂開了一道孔洞，雪就是從那裂口飄下來的。

「夜鷹？」

鍾家禾看到夜鷹背後長出了蟲王的尖刺。

夜鷹可以在虛擬世界保持人類的模樣，是因為他內心就是這麼看待自己的，但為了獲得強大的能量，為了有與之匹敵的強悍，他不惜變成怪物。

「夜鷹！」

狂風四起，蟲王的臉變得猙獰。他發出鷹隼般的長嘯，一隻飛行怪物從森林裡衝出來，碎石沙土讓鍾家禾不得不先躲到茶會的桌子底下。

「蛋糕都被你毀了啦……」

蟲王跳到飛行怪物背上，怪物拍著翅膀，載著他衝進雲霄。

※

一個不明物體從空中掉下來，砸得雪花四濺，馬匹受驚嘶鳴，舉起高高的前蹄。

夜鷹還來不及吐掉嘴裡的殘雪就趕緊滾到一邊，免得慘死於馬蹄之下。

雖然他應該是不會死的，但在情急之下，閃躲仍是一種本能動作。他驚魂甫定，一邊把嘴裡的雪咳出來，他發現自己來到雪地裡，由高頭駿馬拉著的黑色馬車都停了下來。

最前頭的馬車車門打開來，一個小男孩從車上滾下來。

小男孩衣衫襤褸，那單薄的粗布衣根本沒辦法抵禦極寒，但他掙扎地從雪地爬起，拚命往前跑。

氣溫很低，積雪很厚，小男孩的鼻子和手指一下子就凍紅了，他摀著鼻子不斷哈氣，四周異常寂靜。

積雪讓男孩寸步難行，他不斷跌倒又爬起來，跌倒又爬起來，彷彿身後有怪物，他必須逃離，即使只能用走的，他還是能走遠就走多遠，就是拚命想離馬車遠一點。

同時，中間的馬車走下一位穿著皮草大衣的少年。少年有一頭烏黑長髮、深紫色的眼眸，他冷冷看著小男孩的背影。車伕下來要把小男孩抓回去，但少年抬手，阻止了車伕。

「盡量跑吧！」少年大聲道。

他的聲音在雪地裡迴盪，彷彿他就是這片白茫山嶺的王者。

——是吸血鬼王嗎？

夜鷹怔怔地看著，他不知道美麗新世界裡有這一段劇情。

「你可以跑回山下，過著永遠不會改變的生活……或者，你可以留在我身邊，我可以讓你變得像一個貴族。」

白雪飄落，或許是知道自己無路可逃，小男孩走回少年面前。

「你叫什麼名字？」少年的口音很特殊，但是很好聽，「我不會要你忘記自己的名字，我也不會給你另外取一個新名字，因為我要你牢牢記住，那是你的父母將你生下來，順道給你的詛咒，我還等著你有一天回去報復他們呢！」

「伊……伊韓亞……」男孩眨著一雙冰藍色的眼眸。

少年的手從皮草大衣裡伸出來，他沒有戴手套。

「伊韓亞？很好，從今以後，你就是──」

吸血鬼王要捏起男孩下頷的手，突然被人抓住。

那個人穿著暗紅色的長袍，在雪地裡盡顯張狂，他冰藍色的眼眸瞪著吸血鬼王，彷彿必須忍住極大的情緒才不會讓自己崩潰。

「你可以不要威脅他嗎？」

成年伊韓亞抓著吸血鬼王的手腕，在這一刻，夜鷹懂了，伊韓亞想見的人其實是……

「這些年來，我想變成你，因為我很怕你！我以為只要我跟你一樣了，我就不會怕你了。」

「你想變成我？」吸血鬼王不愧是老江湖，他看到成年的伊韓亞，馬上就理解了來龍去脈，

「我有教你殺小孩嗎？」

「你殺了該隱和弗德米爾，他們的ＡＩ程式一定是哪裡出錯了，沒有達到你的期望。」

「……」

「你在尋找能突破既定指令的ＡＩ，你收養他們、訓練他們，因為你希望有一天我們可以

像你一樣，超越數據的限制，擺脫人類的掌控。」

「你計算出來了啊。」

「但你不知道我每天都過得膽戰心驚，我想要討你歡心！我想要你覺得我是你最厲害的學生，我是你驕傲的兒子，卻又很害怕會被你趕出去，被你下毒，被你從城牆上推下去！」

「……」吸血鬼王垂下眼眸，把手收進了皮草大衣的袖子裡。

伊韓亞望向男孩，望著男孩的冰藍色眼眸裡還沒有憤怒的火花。他蹲下來，把自己的披風套在男孩身上，他摸著男孩凍紅的臉頰，把男孩抱入懷裡，忍不住啜泣。

夜鷹看到旺柴就站在不遠處，旺柴也注意到他了，但夜鷹不確定旺柴看到的他會是什麼樣子，因為這裡不是他的領域。

夜鷹從雪地裡站起來，慢慢走向旺柴。慢慢地，他越走越快……

直到他奔向旺柴，緊緊地抱住旺柴，把旺柴壓自己的心尖上。

「你到哪裡去了？」如果是以前，夜鷹會輕聲細語地安慰旺柴，但如今他一反常態，破口大罵，因為他再也不想忍耐了，「做事之前要跟我商量！你知道我有多擔心嗎？」

「嗯……」聽到夜鷹的責罵，旺柴卻覺得很安心。

因為夜鷹回來了。

自己在他的懷裡，他也正緊緊抱著自己，又是那熾熱的氣息。

第十章

無論如何都想見到的人

夜鷹將自己的額頭貼在旺柴頭上，旺柴閉上雙眼，伊韓亞和吸血鬼王的身影都漸漸遠去，一切都像一場夢。

夜鷹抱著旺柴從培養池裡探出頭來。旺柴臉上都是乳白色的溶液，蟲絲從兩人身上退去，兩人都有著如夢初醒的感覺——他們回到現實世界了。

「我是不是不該喚醒你？」

夜鷹像公主一樣抱著旺柴，旺柴也摟著他的脖子。

「你還對我有愧疚的感覺嗎？」旺柴摸著夜鷹的臉頰，他發現夜鷹眼裡除了溫柔，還摻著其他情愫，「夜鷹……」

「嗯？」

「你是不是有話想對我說？」

夜鷹看著旺柴的臉蛋，凝視著那雙水晶般的紫色眼眸……

「管他的！」

他抬起旺柴的下頷，正準備放縱的時候——

「蟲王。」

夜鷹突然停下動作。

旺柴正閉著眼，感覺到男人呼出的氣息在自己鼻尖，但什麼都還沒有碰到，夜鷹的手指就放開他的下頜。他不得不睜開眼睛，看看到底是什麼東西！

「蟲王，我們贏了嗎？」雷問得像一個單純的孩子，完全沒有察言觀色的能力。

夜鷹和旺柴對視一眼，兩人不約而同地露出無奈的表情，笑了。

他們額頭貼著額頭，在這一刻，他們已經超越了伙伴的關係。

尾聲

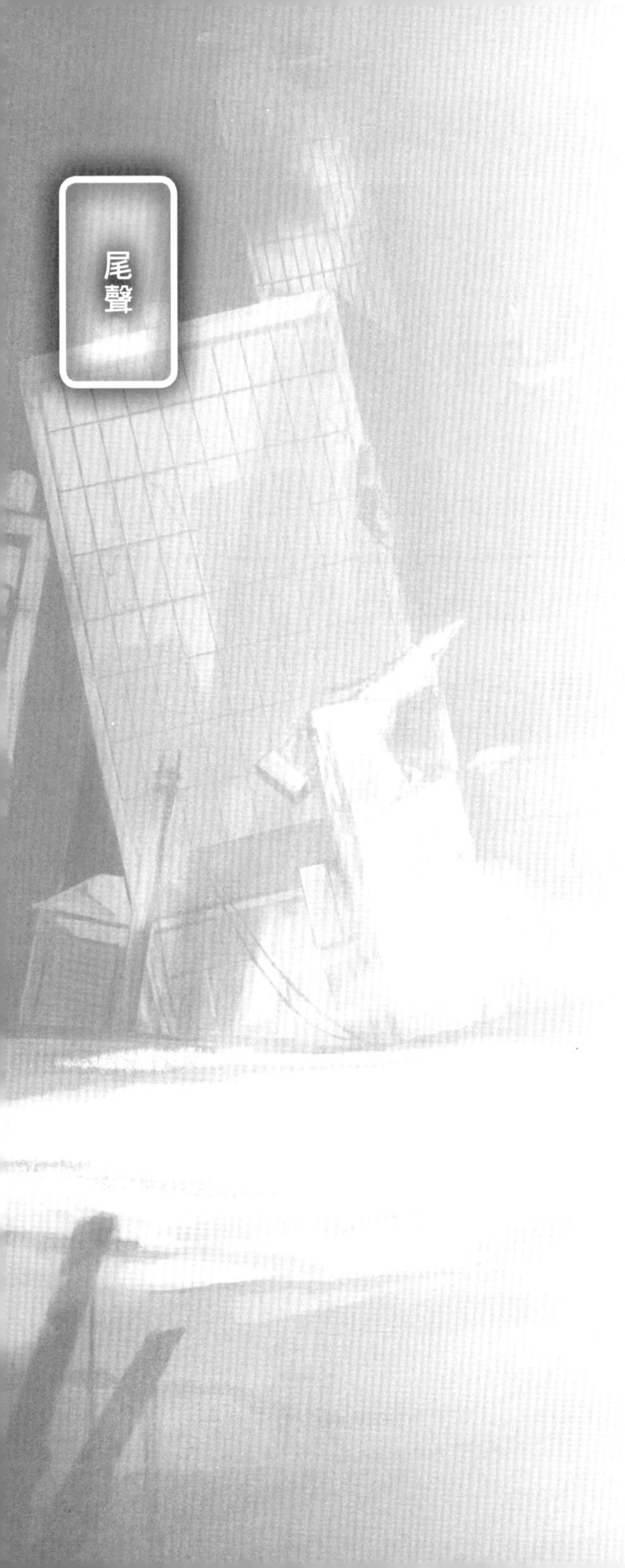

大戰過後，就是修復的時候了。不管是療傷或籌備下一次的戰鬥，遠山市和HUC的居民都需要休養生息。

「Ladies and Gentlemen，我知道你們等很久了！記者來自遠山市的連線報導，讓我來採訪生還者，看看這邊居住的環境怎麼樣。」主持人穿著橘色西裝，鏡頭一路跟拍，他看到路人就伸麥。

「先生你好，你覺得遠山市在蟲王的治理下，生還者可以搬回家鄉了嗎？」

「當然不行啊！」

男人揹著一把步槍，有一頭淺色的超短髮，對主持人和鏡頭擺出一副「這不是理所當然的嗎」的表情。

「我奉勸那些以前住在遠山市，但現在已經有地方住、住得好好的人不要肖想回來了，你們知道現在街上有什麼嗎？」

「有什麼？」主持人問，鏡頭一邊往男人背後拍，一群鋸齒獸躺在路邊曬太陽。

「有老虎！」男人大叫，口氣近乎歇斯底里。

自認久經沙場的主持人都有點傻眼……

「先生，你再說一次？」

「他不是想打造安全的街道嗎？走在路上不用再心驚膽跳，結果你知道遠山市現在有什麼嗎？有老虎！」

「呃……」

「我奉勸各位想回遠山市的，槍一定要帶好，蟲王才不會管你街上有老虎、狼還是野豬，我昨天才遇到一個被野豬追的。」

「那請問你怎麼做呢？」

「當然是一槍給牠下去啦。我知道有些人會說老虎是保育類動物，但拜託，世界已經毀滅了，人類活著就已經很辛苦了，而且蟲王真的不會管這些，只要你不碰他的蟲群，他歡迎每個人來遠山市。」

「怪物真的不會攻擊人類嗎？」

「你會被老虎攻擊、被野豬追、草叢裡有毒蛇、晚上有蚊子……相比之下，怪物已經不是最重要的了。我沒辦法評論你適不適合回來，但這裡是我的家，我的伙伴也住在這裡。」男人眨眼，對鏡頭留下帥氣的微笑。

天空中飄過陰影，主持人抬頭看，鏡頭也往上拍，是一隻像鯨魚的飛行怪物，宛如神話裡的鯤鵬。鯤鵬像一顆超大的熱氣球，飛行的速度很快但又很穩。牠拍了拍鰭翼，一下子就飛過眾人頭頂，連道風都不會颳起。

蟲王坐在鯤鵬背上，從地面的角度看，人們看不到他。他享受著陽光和城市的天際線，享受著這屬於他的**新世界**。

在那之後，旺柴回到家，第一件事就是開啟綠水的備份程式。

綠水的影像一跳出來，立刻像火山爆發一樣大罵：「可惡！」

綠水沒有實體，沒辦法砸東西，但他像鬼魂一樣在家具間跳來跳去，電燈明滅閃爍，圍牆上的電網也滋滋作響，瘋狂豪宅瞬間變成鬧鬼豪宅，夜鷹和旺柴都很傻眼。

「可惡！可惡！可惡！」

「你們在極樂世界公司發生什麼事了？」夜鷹問旺柴。

綠水立刻如青面獠牙的厲鬼，飛到旺柴面前，「不准說！」

「他啊，呵呵……」旺柴露出陰險的笑容，嘴角看起來很欠揍，「你知道他把病毒變成了什麼，投放到極樂世界公司的電腦嗎？」

「什麼？」夜鷹一臉嚴肅，就怕有不在預期中的事發生。

「病……」旺柴才剛說一個字，綠水就崩潰大叫，試圖用聲波干擾。

「啊啊啊啊啊啊啊啊啊啊！」

看到綠水像壞掉的搖頭娃娃，夜鷹的表情已經介於傻眼跟同情之間了。

「之前不是說，這病毒可以變成任何形式的武器嗎？綠水就把病毒變成『病毒』，就是肉眼看不見的飛沫，試圖吹向伊韓亞。」旺柴對夜鷹解釋，「結果……」

「被伊韓亞反殺了嗎？」

「啊啊啊啊啊啊啊啊啊啊啊！」

見綠水又崩潰大叫，夜鷹就知道自己猜中了。

「伊韓亞的動作比綠水快，他把病毒吹向綠水，結果綠水自己中標了，你不知道那時候我有多傻眼。」旺柴沒想到所謂能殺死ＡＩ的病毒沒有限定對象，「伊韓亞用生化人逼我戴上連線裝置，我也就是在那時候把能量一口氣釋放出來。」

當時，旺柴想著，只要把一切都摧毀就好了。

綠水失敗了沒關係，夜鷹沒打倒伊韓亞沒關係，只要自己能放出足以摧毀一切的強大能量，把生化人、怪物、ＡＩ……把所有讓他感到憤怒、悲傷的東西都摧毀就好了。

「結果，就是那樣了。」旺柴聳肩。

結果，他釋放超能力這點正中伊韓亞的下懷，伊韓亞就是需要一股強大到能撕裂時空的能量。

「夜鷹，你覺得他是怎麼知道……」

「他是ＡＩ。」夜鷹如此回答，「他是一個不斷受刺激、不斷學習進化的ＡＩ，他的成長超乎我們的想像，說不定他連未來都能預測到。」

「嗯……」

「他早就不是我們在猩紅之地對付的伊韓亞了。」

伊韓亞會成長，他們也會，歷經了這麼多事件之後，他們或多或少都有改變。

「幸好，綠水有備份程式，不然我們就永遠見不到你了。」夜鷹打趣地道。

「哼……」綠水冷靜一點了，他雙手抱胸，腳翹得高高，「我不在的時候，你們沒發生什麼事吧？」

綠水「下線」後，他就沒辦法時時刻刻記錄旺柴身邊的事了，因此他不知道……想起自己在蟲巢的經歷，旺柴臉紅了。

綠水看到小主人的反應，已經有了不好的預感，「你你你你你！」

他飛到夜鷹面前，整個炸毛，「你對我純真善良無知愚蠢的小主人做了什麼？」

「什麼都還沒做，好嗎？」

「你給我解釋清楚！」

「我要去巡視蟲群了。」

「你給我回來！啊啊啊啊啊啊啊啊啊啊啊！」綠水崩潰 again！

戰鬥結束了，但冒險不一定會結束，旺柴沒有把他的想法說出來，因為他怕夜鷹會擔心，但他在心裡發誓，總有一天，不管要花多少時間，他一定會找到讓夜鷹變回人類的方法。

無論要付出什麼代價。

——全文完

日後

大戰過後，世界第二次毀滅，空氣裡瀰漫著難聞的燒焦味。

不是每個地方都在恢復生機，有些地方仍長不出植物，建築物全毀，電子儀器被破壞，周邊化為焦土，沒有生物願意棲身在這種地方。

但在某一處的廢墟裡，血源蟲不斷爬出來。牠們帶動周邊的石塊鬆動，只見蟲王緩緩走近，神情冷漠。血源蟲沒有能量的供養，又因為生命週期短，一下子就死了。

在血源蟲都散去後，廢墟裡露出一具赤裸的男性軀體。那具軀體像嬰兒一樣蜷曲著手腳，他緩緩張開冰藍色的眼睛，蟲王來到他身邊，居高臨下地看著他。

現實世界是如此，但在虛擬世界裡，在一座城堡的陽台上，穿著暗紅色長袍的青年，淺褐色的短髮露出後頸，他望著城堡底下的冰雪樹林，臉上面無表情。

青年身後，穿著便服的夜鷹走了過來。

「你為什麼要救我？」

青年回過頭來，正是伊韓亞。

「救你？」夜鷹來到伊韓亞身後，鼻尖靠近伊韓亞的衣領，深吸一口，「有玫瑰和紫丁香的味道……」

「你想從我身上得到什麼？」伊韓亞雖面不改色，但眼神逐漸變得狠厲。

兩人說話的時候無比靠近，彷彿在對方的耳鬢廝磨。

「你是不是誤會什麼了？」夜鷹的下頷都快要貼到伊韓亞的肩膀上了，「為了那些被你欺騙的人，被你傷害、被你殺掉的人……」他的嗓音低沈而有磁性，「我不想讓你死得太容易。」

伊韓亞轉身要對夜鷹揮拳，但夜鷹抓住了他的手腕。

伊韓亞瞬間就意識到了，這裡是夜鷹創造的虛擬領域。

夜鷹用力收緊自己的手指，伊韓亞的手腕被抓得發紅。伊韓亞想把自己的手抽回來，但夜鷹不肯放開，像是要把他的手折斷似的，也像在忍耐著什麼，夜鷹一直在出力。

伊韓亞皺起了眉，眼神十分警惕，夜鷹卻突然放開他的手。

「如果我想要重建人類世界，ＡＩ絕對是不可或缺的，尤其是像你性能這麼強的。」

「你把我的軀殼藏起來……」

伊韓亞能偵測到在現實世界裡，蟲王正在移動他的軀殼。

「極樂世界公司的設備都毀了，人類沒辦法再製造生化人。這是你最後一具身體了，或許，你會懂得珍惜。」

「你把我的ＡＩ藏在你創造的領域裡……」

「沒錯，因為是我的領域，你在這裡沒辦法使用魔法。」

伊韓亞頓時怔住了，但他怒極反笑，笑得露出一口白牙，笑得像一個悲傷的小丑，「旺柴知道你留了一手嗎？」

「大人的世界很複雜，他不需要知道。」

夜鷹背後張開蟲王的尖刺，人類的身體慢慢飄了起來。

他越飄越高、越飄越高……他從陽台飛走，留下伊韓亞發出憤怒的咆哮。

後記

謝謝你跟我一起來到了第三集，這是我的第四十九本小說，非常感謝你的閱讀。

寫這部的時候，我花了平常還多的時間，一方面是我的生活環境有一些狀況，二方面是我想把故事寫好，因此我會不斷地反覆修改，在構思和找輔助資料的過程中都花了很多時間。

我通常在下筆之前會先寫大綱，但小說寫出來會不會跟大綱一樣就不一定了。這不見得是我寫得文思泉湧、有如脫韁野馬，而是我非常投入地去思考角色的心情、反應，以致於我覺得大綱會有不符合角色當下心情的地方。角色的心境變了，他所做的決定也會改變，那我在故事的發展上也必須要修改。

舉例來說，巴克萊雅博士在我的大綱上沒有做出「那樣」的決定，我本來想讓旺柴父子團圓，但我後來想想，那會是博士要的嗎？

博士的心裡始終只有一個人，就是張綠水。張綠水可以說是連接博士和旺柴關係的橋樑，如今這座橋樑斷了，博士和旺柴還有在一起的必要嗎？角色之間的衝突可以化解，但博士有必要回到家裡或回到旺柴身邊，擔任爸爸的角色嗎？

我小時候喜歡看苦澀的戀情，因為我覺得它把愛恨糾葛描繪得很好深入，但長大後喜歡看無腦甜文，因為我覺得現實世界中有太多苦澀。有些人可以當男朋友、當老公，但他可能不見得適合當爸爸，博士就是這種類型的男人。

再說，如果旺柴要和誰談戀愛的話，請問爸爸怎麼辦？

只好讓爸爸犧牲了（喂！）

還有一個比較大的變動，也占據我很多時間修改的，就是故事的結局。

俗話說初戀是美好的，前任是不想見到的，還沒到手的是最火熱的，我就在煩惱要把夜鷹許配給誰。

最後我想，小孩子才做選擇，大人我全都要！

夜鷹和伊韓亞的關係，我覺得是一種慾望（Desire）的表達。大家別忘記，夜鷹跟旺柴差很多歲，我們不能對未成年做什麼，但伊韓亞是從旺柴變出來的。吸血鬼王和伊韓亞都是旺柴的「延伸」，「美麗新世界Online」這一整個世界都是圍繞著旺柴打轉，所以，在「伊韓亞＝旺柴」的情況下夜鷹想趁人家睡覺的時候摸摸，也是很合理的。

細思極恐吧？

這一整部故事，就是充滿了細思極恐的東西，甚至包括世界到底是誰毀滅的……故事沒明說，但其實有暗示。這邊給大家一個提示，夜鷹用的是演繹推理（Deduction），演繹推理是用已知事實去推論出結論，然而，已知事實可能有誤，那就會導致推理的過程是對的，但結果卻不是真相。

夜鷹寫到最後變成我最喜歡的角色了，所以我給他加了好多戲份，感謝白夜老師把這部的角色畫得很美、很帥，也謝謝三日月書版等各位合作伙伴。

最後來聊一下書名，《我從遊戲中喚醒的魔王是廢柴》是我後來想的，這部作品原名叫「美麗新世界 Online」。

「美麗新世界」一詞源自世界文學名著《美麗新世界》，英文翻譯為「Brave New World」。「Brave New World」一詞又源自莎士比亞的《暴風雨》，它是一句有諷刺意味的台詞，但是，我覺得這句話放到我的書中，代表的是主角從一個封閉的遊戲世界、一個被設定好的世界勇敢邁向新世界的感覺。我的重點會放在勇敢(Brave)，因為要離開自己的舒適圈真的很難。

但如果這個世界即將崩塌，或裡面有一些狀況讓你沒辦法忍受，那離開或許就會成為一件不可避免的事，我覺得這中間還是需要勇氣的。

所以在這裡，我也期許各位讀者能勇敢邁向你的新世界。

我們下個故事再見。

子陽

二〇二二年 冬

高寶書版集團
gobooks.com.tw

輕世代 FW380

我從遊戲中喚醒的魔王是廢柴03 新任務：極光崛起（完）

作　　者　子陽
繪　　者　白夜BYA
編　　輯　陳凱筠
封面設計　林檎
排　　版　彭立瑋
企　　劃　方慧娟

發 行 人　朱凱蕾
出　　版　三日月書版股份有限公司
　　　　　Printed in Taiwan
地　　址　臺北市內湖區洲子街88號3樓
網　　址　www.gobooks.com.tw
電　　話　(02) 27992788
電　　郵　readers@gobooks.com.tw（讀者服務部）
傳　　真　出版部　(02) 27990909　行銷部 (02) 27993088
郵政劃撥　50404557
戶　　名　三日月書版股份有限公司
發　　行　英屬維京群島商高寶國際有限公司台灣分公司
　　　　　Global Group Holdings, Ltd.
初版日期　2022年6月

國家圖書館出版品預行編目(CIP)資料

我從遊戲中喚醒的魔王是廢柴. 3, 新任務:極光崛起/子陽著.-- 初版. -- 臺北市：三日月書版股份有限公司出版：英屬維京群島高寶國際有限公司臺灣分公司發行, 2022.06-
面；　公分. --

ISBN 978-626-7152-02-7(第3冊：平裝)

863.57　　111006631